「坂本龍馬の暗号」殺人事件（上）

中見利男

宝島社文庫

宝島社

「坂本龍馬の暗号」殺人事件（上）目次

プロローグ　バラバラ自殺……7
第一章　わらしべ長者が手に入れた……22
第二章　秦氏の秘宝……99
第三章　龍馬の暗号……153
第四章　踊る猪……205
第五章　秘密伝承……283

「坂本龍馬の暗号」殺人事件（下）　目次

第六章　奇襲
第七章　鉄壁のアリバイ
第八章　カエサルの法則
第九章　死闘
終章　革命前夜
エピローグ　砂鉄の革命

「坂本龍馬の暗号」殺人事件（上）

――日本を今一度せんたくいたし申候

坂本龍馬

プロローグ
バラバラ自殺

①

昭和三年八月十五日。

その郷土史家の趣味は野鳥観察だった。

盆が過ぎたとはいえ、まだまだ肌を刺すような陽光。それを全身に浴びながら熊山遺跡まで来ると老人は、まるで砂漠の放浪者のような風情で水筒を傾け、ぐちゅぐちゅと頬を鳴らし、パッと吐き捨てた。やがて井桁《いげた》模様の手拭いで、滝のように流れ落ちてくる汗を拭いながら、老人が時計を見ると午後三時を指していた。

それにしてもさっきから、あの真言を唱えている五人の修験者は、ここで何をしているのだろうか。

はるか以前には空海が、そして幕末には坂本龍馬が登ったという伝説のピラミッドが佇む聖地。彼らはそのピラミッドの前で、じっと円陣を組んだまま微動だにしない。しかも風体からすると全員、若く、二十代後半くらいだろうか。しかし、およそ修験者とは思えぬほど、皆、殺気だっている。

まあ、そんなことはどうでもいい。それより、あの巣穴はどうなっただろうか。まるで童話に出てくるような青い鳥が舞う秘密の巣。あれを見つけて以来、老人は青春を取り戻したかのように生き生きと毎日を送り、そして熊山登山さえ苦痛ではなくなったのだ。老人は名を楠田実といった。

「アオ」と名付けた小鳥を探して、楠田実は樹木をながめ上げ、野鳥の羽音に耳を澄ました。しかし修験者たちの真言に驚いたのか、鳥たちは気配を押し殺し、巣や枝に貼りついたまま動こうとしない。

「うるせえのう」

楠田が岡山弁で呟《つぶや》いたとき、その声が聞こえたわけではないが、五人の修験者たちは、互いにうなずき合うといっせいに山道を下りはじめた。

「帰りよったか」

楠田が腕時計を見ると、三時十分を指している。およそ十分の間、彼らは真言を唱えていただけで、一歩たりとも第一号遺跡、通称、熊山ピラミッドの前から動いてはいない。この熊山の山頂では、これまで第一号から第三号までの三つの遺跡が発掘されており、第二号遺跡はピラミッドの東側の斜面にある。さらに第三号遺跡はピラミッドの南東部に位置しているが、ここはまだ未開発である。

「よっし、今じゃ」

晴れやかな顔で楠田は、遺跡の東側の獣道を第一遺跡目指して伝い降りていった。そして草むらのなかに、ひっそりと立つ石の屋根の中をのぞき込んだ。アオはその屋根の奥にある石室のようなところに巣を作り、ここを出入りしているのである。

ササササッと老人の頭をかすめて何か黒い影が飛び出してきた。一瞬、アオか、と思ったがそうではなかった。それは一羽のコウモリだった。

「アオはお出かけじゃな」

楠田は再び穴の中をのぞき込んだ。すると異様な臭いが鼻腔《びこう》を貫いてきた。酸鼻《さんび》を極めたような血の臭い。

……まさか、アオが山猫にでもやられたか……。

楠田は穴の中に懐中電灯の明かりを投げ入れてみた。奥には石の台座があり、そこに何かが乗っている。

……昨日、来たときには台座の上には何もなかったが、はて、なんじゃろうか。

老人は好奇心に駆られ、穴の中に上半身を潜り込ませ、息をつきながら下半身を引き寄せた。すると石の台座の上に異様な臭いを発している黒い影がある。目を凝らすと、真っ黒なスイカのようなものに見えた。そのスイカの表面が、ざわざわと波打っている。さらによく見ると、びっしりとハエが群がっているではないか。

……なんじゃあれは？

さらに近づく。曲線と曲線の間に突起があり、その突起から左右に二つの穴が開いている。しかも黒いスイカの両側には取っ手のような物が二つついている。まるで耳のようだった。ふと、老人の荒い息づかいに気がついたのか、波打っていたハエがいっせいに飛び立った。すると黒いスイカは、一瞬にして血まみれの赤いスイカに変貌した。目だ。二つの目が、じっとこちらを見つめている。

「ぎゃっ。人じゃ。生首じゃあ……!!」

老人は懐中電灯を放り出したまま、ともかく必死で後ずさった。ふと、何かが手に触れた。それは、さきほど山頂ですれ違った五人の男たちが着ていたのと同じ修験道の行者服であった。きれいに折りたたまれており、そこに何やら封書が乗っている。

楠田は喫驚した。懐中電灯の光の輪のなかに「遺書」という文字が浮かんでいるのである。すると、この人は自殺したのか。生首だけを残して自殺を？　そんな馬鹿なことがあるか……。老人は泡を吹きながらアオの巣穴のある石室から這い出ると、声を限りに叫んだ。

「誰か！　誰か来てくれ！　首が……生首が……」

叫んだって人が来ないのはわかっていたが、それでも叫ばなくては気が狂いそうだった。何度も何度も人気のない山頂に楠田実の声がこだました。

②

およそ二時間後、熊山駅前の派出所に駆け込んだ楠田の報を受けて、地元の備前署から警官三人が駆けつけてきた。

彼らが第二号遺跡の石室をのぞき込むと、たしかに恨《うら》めしそうに生首の両眼がこちらを見ていた。真夏なのにそこだけ冷気が漂っていたが、血と肉片の臭いが充満しており、警官は思わず嘔吐《おうと》を催した。しかし懐中電灯の光を押し当てるように進んでいくと、たしかに楠田の言うとおり草鞋《わらじ》が揃えられており、修験者の着る服が丁寧に折りたたまれていた。そこには一点の血の染《し》みすらついていない。

そして、その衣服の上に「遺書」と認《したた》められた一通の封筒が載っている。そこには父母への謝罪の言葉のほかに次のような詩が書かれていた。

『私は最初であり最後の者。
私は名誉を受ける者であり恥辱《ちじょく》を受ける者。

私は娼婦であり聖なる者。
私は母であり娘。
私は不妊の女であり多くの子どもを持つ者。
私は陣痛を苦しむ者であり痛みを和らげる者。
私は花嫁であり花婿。
私は無学であり人々は私から学ぶ。
私は誰にでも聴き取れる者であり理解されない言葉。
私は話すことのできない者であり私の言葉は膨大。
私に静かに耳を傾ける者は、私について激しく学ぶ者である』

そして末尾に「秦氏とイシヤは共に似たり」という一行が添えられていた。さらに坂本龍馬に関係した歴史的史料の写しが一通。一体、何が言いたい詩なのか。意味不明であった。相反する表現の連続。たとえば娼婦と聖なる者、花嫁と花婿などがそうだ。そしてイシヤとは石屋なのか、医者なのか、それになぜ坂本龍馬なのか。捜査本部でも議論になったが、それ以上に問題だったのは、肝心の死体のほうだった。生首以外の胴体と手足が見つからないのである。もちろん署員、消防隊、奉仕団をあげて熊山全山を捜索したが、指一本見つかりはしなかった。

だが被害者の身元はすぐに判明した。

　幡上竜作という二十七歳の若者で、岡山にある六高の国史の教師であった。実家は新見《にいみ》で幡上鉱業という銅山経営をしている大富豪で、そこの一人息子であった。身長は一七二センチ、肩幅も広く、眉目秀麗《びもくしゅうれい》の偉丈夫で、六高時代は柔道部に籍を置き、主将も務めていた。卒業後、すぐに上京し、父親の知り合いの会社で武者修行を積んだのち、六高の教師として昭和二年に赴任している。

　やがて検視の結果、幡上は八月十五日午後二時から三時の一時間の間に、何者かによって首を切断されていることがわかった。

　というのも当日は、田中義一首相の襲撃事件の余波で、岡山県の主な駅に陸軍が憲兵隊を派遣し、駅の乗降客の身体検査を行っていた。襲撃事件そのものは昭和三年六月八日、上野駅で起こったのだが、暴漢の岡村新吾に岡山出身の仲間がいるのではないか、という嫌疑が持ち上がったため、年内いっぱいは憲兵が県内の主要な駅で目を光らせることになったのである。

　捜査の結果、一人の憲兵から証言を得ることができた。たしかにその日、修験道の衣服をまとい、錫杖《しゃくじょう》をついた幡上竜作らしき人物が、正午すぎに熊山駅で確認されているのである。そこから徒歩で熊山に登ったとすれば、山頂までは一時間半から二時間かかるため、午後二時に登頂し、そこですぐ殺害されたとして、まず午後二時という時刻が割り出された。実際、地元の人間が八合目あたりで幡上竜作らしき人物とすれ違っており、その時刻は午後一時五十分前後であったというのである。

そしてもう一つの可能性として考えられる殺害時間のリミットである午後三時という時間は、郷土史家の楠田実が幡上の生首を発見した時間、つまり午後三時十分から逆算し、例の五人の修験者が山頂にいた時間を勘案して割り出したものであった。わかりやすくいえば、幡上は午後二時から三時の一時間の間に殺害されていることになる。

世にも奇妙なバラバラ自殺――。厳密に言えばバラバラというより首だけしか発見されていないのだが、それでも人々はこの一件を称してそう呼んだのである。

容疑者の一人が東京在住で、貴族院議員の元秘書という経歴の持ち主だったため、すぐさま警視庁警保局保安課特別高等警察からも刑事が派遣され、岡山県警に合同捜査本部が置かれた。

「なるほど、イシヤは医者か。三谷本部長も面白いことというね。秦氏は薬草を扱っていたからか……。一理あるな。それにしても、この事件は謎が多いね。多すぎる」

手拭いで汗を拭きながらパトカーを降りた特別高等警察の吉野正次郎は勢いよく扉を閉めると、首をコキコキと二度鳴らした。通称、特高は、かつて明治政府の内務省警保局保安課に設置された秘密警察で、共産党や反体制思想の摘発を主な任務とした強力な権限を有する部署である。

「結局、片道二時間半かかっちまったね」

「熱《あ》ちぃわ、こりゃあ」

反対側の扉から転がるように飛び出してきた若い刑事は、蒸し風呂から出てきたように汗だくだった。吉野は苦笑しながら県警の建物に向かって歩き出した。蝉《せみ》の声が相変わらず騒々しい。

「道定君、熊山から福山の天心寺まで自動車で二時間三十分とすると、たとえば二時カッキリに山頂で幡上の首を切断して、そこから車を飛ばしても、福山に到着するのは四時半ということだね。奴さんが実際現れたのは？」

「三時四十分じゃあ言ようります」

若い刑事は道定明男と言い、岡山弁丸出しで答えた。

「すると車じゃなく鉄道か。道定君、鉄道だと午後三時四十分に福山にたどりつけるのかね」

「いえ。それが熊山駅から岡山駅まで一時間に一本しか走りょうらんのです。二時に車で下山しても、汽車が来るのは二時台では……」

道定は、県警の庁舎に向かって歩きながら、警察手帳を開いて時刻を確認した。

「熊山駅出発が午後二時五十五分です。それから岡山駅に到着するのが三時十五分。岡山駅から山陽鉄道で福山行きが三時二十分発。ですから、もうこの時点で鉄道を使いようたら間に合わんのです。奴さんは一時五分に岡山駅を出発する汽車に乗っておったと言ようるんですが、それを証明する人間はいません。ですが、間違いなく福山の天心寺には三時四十分に行っとりますからねぇ」

「なるほど。すると彼はシロということか」

「で、残る五人の証言は取れたのかね」

「はい。五人とも矢吹作太郎から午後三時に呼び出されております」

矢吹作太郎は東京在住の実業家で元貴族院議員の秘書であった。幡上竜作とは同郷の岡山出身で、修験道倶楽部「岳」のメンバーの一人である。その矢吹が例の五人の修験者と幡上を、熊山に呼び出していたのである。表向き岳の会長は幡上であったが、実質的な事務は矢吹が行っているため、矢吹の招集によって全員が熊山に集合するという事例は、これまでに数え切れないほどだったという。

「で、十分待って幡上が現れなければ解散しろと言われたというんですね。矢吹という男、時間には厳格でしてね。一分でも遅れたら罰則を課すという決まりがあったようですね」

「ほう、どんな罰則だね?」

「一昼夜、山を走り回るとか、腕立てを千回するとか、まあ荒行ですな」

「しかし、なぜ幡上が十分待っても来なければ、その日は現れないと考えたのだろうね」

「幡上は時間には正確なところがあったらしいですね。あるいは本人から、そういう伝言があったのかもしれません」

「うむ」吉野はうなずいた。

「吉野さん、どちらにしても六人の現場不在証明《アリバイ》は成立するということですかね」

　それには何も答えずに、吉野は口をへの字に結んだまま階段を駆け上り、二階にある合同捜査本部の扉を開けた。すると、そこに口髭《ひげ》を蓄えた三谷本部長が待ち構えるように仁王立ちになっていた。

「吉野さん、いいところに帰ってきたのう」

「いや、駄目でした。車でも駄目、鉄道でも駄目。矢吹作太郎はシロですかね、やはり」

　吉野は苦笑を浮かべて三谷の横を通り抜けようとしたが、三谷は吉野の腕を捕らえて放さなかった。

「吉野さん、悪いけど矢吹の線は触らんでもらいてぇんじゃ」

「どうしてです？」

「ちょっとややこしいことになってしもうてのう」

三谷は吉野の耳元で何事かささやいた。そして肩をポンポンと叩きながら、

「吉野さん、そういうわけで県警の合同捜査本部は、明日で解散じゃあ。ご苦労さん」

「か、解散だって？　し、しかし、こんなことってありますか？」

興奮すると、どもるのが吉野の癖のようだった。

「被害者は自分で自分の首を切って石室に投げ入れ、そのあと行方不明になったたって言うんですか？　そ、そんなことが可能だと三谷本部長はお考えですか？　遺書があるからといってそれを重視するのは机上論《きじょう》だ！　馬鹿馬鹿《ばかばか》しいにもほどがある」

「吉野さん、あんた、まともな人間なら誰だってわかる。できるわけがなかろうが」

「なら、なんで解散を受け入れたんですか。犯人は必ずこの六人のなかにいるんだ」

吉野正次郎は蒼白な顔で食い下がった。

「六人いる容疑者を、もう一度シラミ潰しに調べるべきですよ」

「吉野さん、無理ですよ。たった今、アリバイが崩せん言うたんは、あんたじゃ」

「しかし遺書の中に龍馬の暗号が……。何か意味があるんじゃないですか？　だとすれば我々は、まだ一歩も動いていないのに等しい。そうでしょう？」

「あれもただ幡上竜作が坂本龍馬シンパだということ。取り立てて意味があるもんじゃない。そういうわけじゃ」

本部長の三谷はそう言うと、吉野の肩をポンポンと二度叩き、目をそらせながら捜査本部を足早に出て行った。吉野の言う龍馬の暗号とはこういうことだった。前述のように遺書の中に坂本龍馬が認《したた》めたという歴史的史料の写しが一通添えられていたのである。それは新政府綱領八策《しんせいふこうりょうはっさく》と呼ばれるもので、龍馬が新政府の施策《しさく》となるべき骨子を箇条書きにしたものだった。この史料をめぐって吉野が何か重大な意味が隠されていると主張したため、一時期合同捜査本部は騒然となった。が、そのうちに身元を洗っていた三谷が「たんに龍馬気取りで遺書の封筒の中に入れていただけ」と断言したことから、この議論は結着をみた。龍馬が登ったという伝説のある熊山で死んでいくのだから、あえて龍馬にいわれのある史料を遺書の中に同封した。ただそれだけのことだろうというのであった。また意味不明な詩については、たんに幡上竜作は精神を病んでいたのではないか、という見解で、すべて一蹴《いっしゅう》されてしまった。それよりも容疑者の周辺を洗わねばならないということで、彼らの精力はそちらに向けて絞り込まれていったのである。

「吉野さん」

彼の周囲に県警の若い刑事二人が集まってきた。

「圧力がかかったみたいですよ」

「圧力？　県警にかね」

「いえ、警視庁のほうに」

「警視庁？　そんな馬鹿な」

どうやら陸軍大臣から、幡上の事件の捜査を打ち切るよう、二日前に連絡があったというのだった。

「そんな……」

吉野正次郎はあえぐように窓の外を見つめた。それにしても、なぜ宇垣《うがき》陸相が出張ってきたのだろうか。宇垣陸相が動くとすれば、おそらく、この幡上の父親の線であるが、それにしてもなぜ父親が圧力をかける必要があるというのだ？

吉野は警察手帳を取り出し、心当たりのあるページを開いた。そこには幡上竜作の父親である幡上英五郎の履歴が認められていた。

幡上英五郎は岡山県新見市に本社を置く幡上鉱業社長で鉱山王。幡上の殿さんと呼ばれる大富豪であった。三代続いた会社は銅山によって財を成し、明治政府とは蜜月の関係にあったという。日露戦争時、どういう理由かはわからないが、とくにその関係は強固なものとなり、幡上は財界においてもその地位を不動のものにしたというのである。

それにしても、なぜ圧力が……。

突然、熱風が巻き起こり、窓の外を砂ぼこりを上げながら通り過ぎていった。

その夜、吉野は岡山の夜の街で荒れに荒れた。だが沈んだ太陽は、翌日、なんの躊《ちゅう》躇《ちょ》もなく二日酔いの吉野の顔に容赦《ようしゃ》ない光を押し当ててきた。見送りに来たのは道定刑事ただ一人。岡山駅を離れていく列車のなかで、吉野は両手で頭を抱えたままため息を吐き続けた。

被害者が自分の首を刎《は》ねて、ご丁寧にそれを置いて逃げ去るわけがないと、みんなわかってはいる。しかし現実はこうして、まるで扉を閉じるように捜査本部は解散を余儀なくされ、二十人いた担当者は、それぞれ別の部署に異動させられたのである。それは警察権力が軍部の前に敗れ去った瞬間でもあった。

やがて一年が過ぎた。いつの世も人の噂は七十五日という。かつてそうした奇妙な事件があったことも、忌まわしいタブーとして、決して人々の口にのぼることはなくなっていた。

ただし、あの事件が起こるまでは……。

第一章　わらしべ長者が手に入れた……

①

〽わらしべ長者が手に入れた　黒い髪の女の子
わらしべ長者が手に入れた　青い小鳥と金の粒

不況を揶揄《やゆ》するかのように東北の一寒村で流行したこの「わらしべ長者」という童歌は、国営放送のラジオで紹介された途端、あっという間に日本全国に広まった。そして昭和六年三月十日。一人の女が百貨店の屋上の金網を越えようとしていた。眼下の街並みを見下ろしながら、女は一度動きを止めると、帯の中に遺書と坂本龍馬の新政府綱領八策の二通の封書が、ちゃんとはさまれているのを確かめたあと、この歌を口ずさみながら両手を広げて飛び降りたのだ。

わらしべ長者が手に入れた　黒い髪の女の子
わらしべ長者が手に入れた　青い小鳥と金の粒
わらしべ長者が手に入れた　誰も知らない理想郷

唄いながら女は見た。

幸福そうな夫婦が桜色の婦人服を手に取り、微笑している姿を。

女は見た。

若い従業員がエメラルドを光に掲《かか》げている姿を。そしてその隣に立ち、羨望《せんぼう》の眼差《まなざし》しで宝石を見上げている髭をたくわえた太った男の姿を。

女は見た。

野菜売り場で、一度カゴに入れた白い大根をまた戻している主婦の姿を。

女は見た。

馬車道に激突する自分を。

そして女の眼には漆黒の闇が広がり、何も見えなくなっていった。まるで派手な大筆のように、舗《ほ》装《そう》された道路の上に激しく叩きつけられた女は、赤い墨汁《ぼくじゅう》をそこらじゅうに撒《ま》き散らした。そして粉々に砕かれた顔面から眼球と脳漿《のうしょう》を舗道の上に飛び散らせると、その場にくの字に折れ曲がり、二、三度激しく痙攣《けいれん》をした。

「赤十字だ！　救急隊を呼べ！」

男たちの怒声と女たちの悲鳴が激しく交錯した。

岡山で起きた幡上竜作のバラバラ自殺から二年半後のことだった。

②

どんな事件も会議を経て終息する。

小料理屋の女将の飛び降り自殺もそうだった。捜査の結果、女将には数百円もの借金があり、それを苦に自殺をしたということである。借り入れたのは矢吹作太郎という投資家からであった。この名前に見覚えのある刑事が何人かいた。というよりも決して忘れることのできない名であった。そう、それは例の幡上竜作のバラバラ自殺で浮上した容疑者と同じ人物だったのである。しかし矢吹が厳重な取り立てをしていたという形跡もなく、あるときに返せばよいという、ゆるやかな契約書が店の金庫から出てきたため、借金を苦にしたものではないという結論に達した。ただ一つ、これは偶然の一致かもしれなかったが、二年半前に幡上竜作の遺書の中に同封されていた龍馬文書の写しが、今回もまた遺留品の中から発見されたのだ。この一件は特高でも重視され、こうして形ばかりとはいえ、会議が開かれたのである。

「警部、これを」

花岡剣介が机の上を指さした。パズルのように組み合わさった被害者の遺留品の一つひとつが並べられていた。扇子、髪飾り、財布、そして四つ折りにされている一枚の紙片。そこには次のような墨痕が鮮やかに踊っていた。

『新政府綱領八策

第一義　天下有名ノ人材ヲ招致シ、顧問ニ備フ。

第二義　有材ノ諸侯ヲ撰用シ朝廷ノ官爵ヲ賜ヒ、現今有名無実ノ官ヲ除ク。

第三義　外国ノ交際ヲ議定ス。

第四義　律令ヲ撰シ、新ニ無窮ノ大典ヲ定ム。律令既ニ定レハ、諸侯伯皆此ヲ奉シ部下ヲ率ユ。

第五義　上下議政所。

第六義　海陸軍局。

第七義　親兵。

第八義　皇国今日ノ金銀物価ヲ外国ト平均ス。

右預《あらかじ》メ二三ノ明眼士ト議定シ、諸侯会盟ノ日ヲ待ツテ云々。〇〇〇自ラ盟主ト為リ、此ヲ以テ朝廷ニ奉リ、始テ天下万民ニ公布云々。強抗非礼、公議ニ違フ者ハ、断然征討ス。権門貴族モ貸借スルコトナシ。

慶応丁卯十一月　　坂本直柔』

「なんだ、これは？」木島警部は、頓狂《とんきょう》な声をあげた。

花岡も眉間《みけん》に皺《しわ》を寄せていたが、

「鑑識に問うまでもありません。これは坂本龍馬の新政府綱領八策ですね」

坂本龍馬は土佐が生んだ幕末の風雲児である。土佐藩を脱藩したのち勝海舟と出会い、海軍の増強と貿易の重要性に目覚め、それまでの攘夷《じょうい》論を捨て開国論に邁進《まいしん》し、神戸海軍操練所を創設。のちに解散させられたが、しかし今度は薩長同盟の締結に奔走し、これを実現させ、一挙に倒幕の機運をたぐり寄せる。海援隊を設立したのち隊長となり、土佐藩士後藤象二郎《しょうじろう》の要請によって大政奉還案《たいせいほうかん》と、それ以後の国政のあり方を示した試案「船中八策《せんちゅうはっさく》」を書き上げる。これがきっかけとなり徳川慶喜《よしのぶ》による大政奉還が実現し、脱藩浪人だった一人の男が回天の大業を成し遂げたのである。だが慶応三年十一月十五日、潜伏していた四条河原町の醤油商近江屋で陸援隊隊長だった中岡慎太郎《なかおかしんたろう》と会談中に襲撃され、非業《ひごう》の死を遂げたのだ。ちなみに中岡は二日後の十七日に死亡している。

「こいつは、あの有名な船中八策じゃねぇのか？　それでここ、この〇〇〇は原文ではどうなっているんだ？」

「ご存じないんですか？」

「私は新撰組《しんせんぐみ》のシンパでね。あまり龍馬には興味がないんだ」

「敵方ですか。それじゃあ仕方ありませんね。正解は〇〇〇ですよ」

「〇〇？」木島警部は両眉をあげた。

「伏せ字です」

「どういうことかね」

「つまり龍馬は、ここに暗号を用いたのです」

花岡はそう言うと、歴史マニアらしく眼鏡のつるを耳の奥に押し込みながら、知っているかぎりの知識を披露してみせた。

「まず、こいつができるまでの過程をご説明しましょう」

花岡は木島警部がうなずくのを合図に滑らかな舌をさらに巧みに動かし始めた。

「すべては慶応三年の出来事です」

慶応三年六月九日。龍馬は後藤象二郎、海援隊士・長岡謙吉《ながおかけんきち》らの乗る土佐藩船・夕顔で長崎を出港した。この夕顔の船中で龍馬が後藤に示したのが、有名な船中八策である。

「彼らは一度上京したのち、まず後藤が、大政奉還建白の承認を山内容堂《やまのうちようどう》から得るべく国許土佐に向かうため、七月四日、京を出立しています。この大政奉還案については薩摩藩、土佐藩、宇和島藩の間ですでに同意が成立しており、薩摩の島津久光、宇和島の伊達宗城《だてむねなり》は承諾しましたが、提案者の土佐だけは容堂の承諾を得ていません。大坂まで同行した龍馬は、くれぐれも容堂の同意を得るようにと後藤に言い含め、七月七日、大坂で後藤を見送っているのです」

花岡はこう言うと、お茶を口に運び、講釈を続けた。

「ところが容堂の賛同を得て、後藤が幕府に提出した大政奉還建白書には、将軍職廃絶および将軍辞職の条項がないのですね。船中八策では『有名無実ノ官ヲ除クベキ事』という一文で表現されていたんですが、後藤が勝手に削ってしまったんですね。いやそれどころか、後藤の話の節々には、容堂の考えとして、諸侯会議の議長に慶喜を据えるという策さえ読み取れたんです。つまり後藤の二枚舌ですね」

「その辺はハショッていいよ。どうせ自殺とは関係ないんだからね」

木島はイラついた口調で割って入った。

「わかりました。龍馬は、十月十三日に二条城登城直前の後藤に手紙を出して、慶喜への将軍職辞任要求を削除してはならないと指示するのです。そして、越前福井藩から帰京後の十一月五日以後に、ここにある新政府綱領八策をすぐ執筆したとされています。警部、ここをご覧ください」

花岡は末尾を指さした。そこに「慶応丁卯《ていぼう》十一月　坂本直柔《なおなり》」と記されている。

「これが龍馬自身の直筆です。慶応丁卯は慶応三年のことで、直柔は龍馬の諱《いみな》の一つです。それで龍馬は十一月に執筆したこの新政府綱領八策で、後藤が削除した『有名無実ノ官ヲ除クベキ事』の条文をことさらに強調したんですね」

「それじゃあ船中八策と新政府綱領八策は、どこが違うのだね。その一文だけかい？」

木島は腕組みをしたまま花岡を見た。ごく基本的な質問だったが、花岡はさもありなんという顔でうなずいた。

「単純に時系列で申し上げれば、先ほども申し上げたとおり、『船中八策』はこの年の六月に後藤象二郎に示したもので、一方の新政府綱領八策は龍馬自身が十一月と書いています。およそ五ヶ月後にできた文書です。では具体的に『船中八策』と『新政府綱領八策』の違いはどこかといいますとね、それはこの点です」

そう言うと花岡は史料の〇〇を指で押さえてみせた。

「ここですよ。『右預メ二三ノ明眼士ト議定シ、諸侯会盟ノ日ヲ待ツテ云々。〇〇〇自ラ盟主ト為リ、此ヲ以テ朝廷ニ奉リ、始テ天下万民ニ公布云々。強抗非礼公議ニ違フ者ハ、断然征討ス。権門貴族モ貸借スルコトナシ』とあるでしょう。この一文です」

花岡の言うように新政府綱領八策の末文にある、「強抗非礼公議ニ違フ者ハ断然征討ス。権門貴族モ貸借スルコトナシ」とは、公議に強硬に抵抗する者は、いかなる立場の者といえども「断然征討ス」、つまり討ち滅ぼすというのである。しかも将軍であろうが朝廷貴族であろうが関係ないとまで言い切っているのだ。凄まじいまでの気迫と意志が込められている。

「問題は……」と言いながら木島は、応接用の椅子に腰を深く落とすと、太い首で天井を見上げた。

「問題は、なぜ仏さんが揃いもそろって龍馬の新政府綱領八策を持っていたか、だ……」

　懐中から煙草を取り出した木島にマッチを擦《す》ると、花岡は両手で火を差し出した。大正十四年に発売された十本入りの「胡蝶《こちょう》」だった。やがて紫煙を吐き出した木島の顔をうかがうように首を少し左に傾げながら、

「坂本龍馬のシンパだったんでしょうか？」

「しかし仏さんは、どうして暗号入りの八策を携えねばならなかったか、だ。君の言う龍馬のシンパというなら、船中八策でも構わないのではないか？　それに吉さんの証言では女将は新撰組の土方歳三のシンパだったというじゃないか」

「そ、それは……」

　花岡は絶句した。たしかにその通りだった。龍馬ファンでもない女が、なぜ龍馬の新政府綱領八策を胸に秘めていたというのか。

「右翼でも左翼でもない女将が、まるで維新の志士気取りで、こんなものを遺書の中に同封する必要があるかね。それとも何か？　こいつは政府に対する抗議か何かかね。日本海軍の祖ともいわれる坂本龍馬が、ロンドン条約の惨憺《さんたん》たる交渉を嘆いているとでも言いたかったのか？」

　木島警部はそう言い放つと、天井を見上げて再びため息をついた。

　昭和四年七月二日に成立した浜口雄幸《おさち》内閣の前に立ちはだかった難問の一つが、翌五年一月二十一日から英国で開催されたロンドン軍縮会議であった。日本からは首席

全権大使として若槻礼次郎《わかつきれいじろう》元首相らが出席し、英米仏伊の四ヶ国を相手取り、補助艦総トン数対米比七割、大型巡洋艦対米比七割、潜水艦現状維持の原則で臨んだ。だが米国の拒否によって交渉は難航し、先行きの見えないまま、いたずらに時が過ぎていくばかりだった。結局、日本は米国の強硬姿勢の前に屈服し、妥協案をのまされたのである。こうして日本人全体が外交交渉の渦の中にのみ込まれ、軍部ばかりではなく多くの人々が愛国心に目覚めていった。

こうした中、浜口首相は十一月十四日、右翼青年に狙撃される。日本中に衝撃が走ったのは言うまでもないが、浜口首相はすでに国民感情という見えない銃弾によって瀕死《ひんし》の重傷を負っていたのである。特に前年の世界恐慌が日本人の右傾化にいっそう拍車をかけたのは言うまでもない。

昭和二年（一九二七）三月十五日に始まった金融恐慌から脱出するために浜口内閣は、それまで禁止されていた金輸出を解禁した。これによって国際収支の赤字が金で決済されるため、金の保有量が減少。国内通貨は収縮して一時的に所得が減少する。しかし輸出の増加によって為替相場が上昇し、金が海外から流入することで国際収支のバランスが確保され、その結果、景気も回復するというのが政府の描いた筋書きであった。

しかし世界恐慌によって輸出も激減し、株式市場は暴落。金は昭和五年、六年の二年間だけで八億円近くが流出し、未曽有《みぞう》の大不況に見舞われることになったのである。たとえば昭和五年の夏には、失業したため東海道を歩いて帰郷する者が、一日に三十から六十人に上り、二ヶ月後の九月二十日には東洋モスリン亀戸工場で五百人余の人員整理が発表された。が、すでに五月の時点で、この工場では二千人の首切りが行われたばかりであった。これによって九月二十六日にはストに突入し、十月二十四日、警官隊と衝突。結局、労働者側は涙を呑むことになった。また十一月一日には富士紡川崎工場で賃下げに反対するストが実施され、四十日以上にも及ぶ争議が続いた。膠《こう》着《ちゃく》状況の中で一人の男が地上四十メートルの煙突によじ登り、五日間たった一人の反乱を起こしてみせるなど、庶民の怒りはある意味で頂点に達していた。そして十一月十五日には三菱造船所の神戸、長崎で合計二千五百人が解雇されるなど不況の渦は嵐となって日本列島を吹き荒れていた。

結局、失業者の数は二百五十万人にも上り、政府は昭和五年十二月五日に失業救済対策公債三千四百万円を発行する閣議決定を行ったが、すでに焼け石に水であった。こうした大不況の中で、人々の心は荒廃し、エロ・グロ・ナンセンスという過剰なエロチシズムの海に溺《おぼ》れていった。警視庁はレビューの踊り子に股下二寸（約六センチ）未満のズロース着用を禁止するなど、いわゆる頽廃《たいはい》的文化の蔓延《まんえん》を防ごうと躍起《やっき》になっていった。

そうした背景の中で年は明け、昭和六年が始まった。そんな時代の空気を上空から切り裂くように、一人の女が東京銀座の百貨店の屋上から飛び降り自殺を図ったのだ。まるで不況の泥沼の中に飛び込むかのように。

「そういう意味でのロンドン軍縮条約への抗議なら、もう少し早くやったでしょうね」

花岡は低い声で呟くように言った。

そのときだった。四十代後半の男が部屋に入ってくると、木島たちの脇をすり抜けて、古びた机の前に腰を落とした。吉野正次郎だった。

吉野は二年前とは、別人のようにフケてしまった。まるで夢遊病者のように足取りもおぼつかず、体全体から漂っていた精気も急速にしぼんでしまったように見える。原因は、仕事にやる気を失ったことだろうと、吉野の同僚たちは推測していた。たしかに首を切断された人間を自殺と断定した県警や警視庁の判断は常軌を逸していたが、それ以上に衝撃を与えたのは幡上の遺族がそれを受け入れたことである。

家族とはそんなものだろうか。

幡上家にとって竜作と父親の絆はそんなに儚《はかな》いものだったのか。

この不況の中で愛などという言葉は死語になったのだろうか。

自問自答している吉野を待っていたのは妻からの離縁状であった。仕事に命を捧げてきた吉野の日々が、妻にとっては退屈な人生の一人芝居にしか見えなかったのである。長野の実家に戻った妻は、さっさと別の男性と再婚し、一人息子も引き取られてしまったと風の便りが届いたころ、すでに吉野は燃え尽きていた。なんのことはない、吉野自身に愛がなくなっていたのだ。乾いた砂漠のように……。

白髪の多く混じった頭。やせた肩、細い足。衰弱する一方の視力。まだ若いつもりだったが、老いは一瞬にして彼を別人に仕立て上げてしまった。悪いことは重なるものだ。そこに行きつけだった小料理屋「松方」の女将が自殺をしたのだ。女将が認めた遺書の中に、坂本龍馬の新政府綱領八策が入っていたことから吉野の心の中に再び灯がともったが、しかし捜査本部からは外され、代わりに後輩の花岡剣介が事件の処理を任されることになった。吉野はこれまで彼が収集した資料を花岡に提出し、銀座で起きた連続万引事件の捜査に出かけようとしたところを木島警部に呼び止められ、その場で「ゆっくり休め」と言い渡されたのである。心当たりはなかったが、木島は木島で、あまりにも刑事の職に耐えられる姿でないと判断したのだろう。考えてみれば、先月思想事件がらみの万引犯を追跡中に昏倒《こんとう》して、そのまま病院に担ぎ込まれたことが尾を引いていることは容易に推測がついた。結局、犯人は別の店に押し込み、強盗を働いて逮捕されたが、そのとき店の主人が刺殺されてしまったのだ。警視庁の失態だと新聞記者に騒ぎ立てられ、その責を負わされたのである。つまり事実上の解雇通告であった。

「あっ、吉さん、ご苦労さん」

木島は吉野に片手を上げ、声をかけると、再び応接デスクの上に置かれた新政府綱領八策に視線を落とした。花岡もチラと吉野の背中に目をやったが、すぐに何事もなかったかのように座席に深く腰を沈めた。しばらく坂本龍馬の話に興じていると、いつの間にか風呂敷包みを抱えた吉野が二人のそばに立っていた。いや、立ち尽くしていたというべきだろうか。吉野の目には困惑と無念の色が滲んでいたが、すぐにそれを拭い落とすように目をしばたたかせたあとで口を開いた。

「あの、あの、長い間、お世話になりました」

「うむ」

木島は片手を上げると、深くうなずいた。

その場にいた刑事たちは、皆、立ち上がりかけたが、木島の雰囲気に目に見えない怒りが漂っているのを感じたらしく、皆、何事もなかったかのように書類に筆を走らせ続けた。吉野は深々と頭を下げると扉を押し、廊下に出たが、二度と振り返ることはなかった。

その日、吉野正次郎は警視庁を去った。表向きは休職届けの扱いだった。が、事実上は解雇に等しかった。その背中を見送ったのち木島は、煙草をくわえたまま何事もなかったかのように花岡を見やった。

「とすると、問題は、龍馬の暗号だな。〇〇〇だ。ここに何が入る？　なあ、花岡ちゃんよ」

「は？　はあ」

花岡は我に返ると、両手を膝の上に乗せたまま、まるで講釈師のような口調で答えた。

「〇〇〇の部分ですか。可能性としては前将軍・徳川慶喜でしょうね。つまり慶喜侯です。というのも坂本龍馬は、徳川慶喜の政権奉還の決意に感激しているんです。そして慶喜を守ると側近の者に語ったといいます。しかもですね。これは本件とは直接関係ありませんが、『新官制擬定書《しんかんせいぎていしょ》』という名簿には、その徳川慶喜が内大臣に擬されているのです。これは龍馬が作成したものです。ですから暗号のところには慶喜侯の三文字が入るのではないかと考えられます」

「すると慶喜自ら盟主となり、それを朝廷に奏上した上で万国公論を決するということか……。それに反対する者は朝廷関係者や公家といっても容赦しない。まるで慶喜が天皇家の上に立つかのような文言だな。そんなのありか？」

「議会制民主主義ですからね」

「しかし明治政府は祭政一致。この文章だと本来〇〇〇に入るのはミカドじゃなければおかしいが、ミカドが朝廷に奏上するというのも妙な話だから、やはりミカド以外の存在から抜擢するということだね。しかし次に引っかかるのは自ラ盟主ト為リだ。自ラ盟主というのは、どういうことだい？」

「文字通り、奥に引っ込んでいた人が盟主に躍り出るということですね」

「するとだな、天皇陛下ならわかるよな。朝廷は江戸幕府の陰にいたからな。だけど慶喜は奥に引っ込んでいたのかい？　将軍だぜ」

「そりゃあまあ、ずっと日の当たるところにいましたけど……」

「だろ。慶喜じゃおかしいんじゃないか？」

「しかし、大政奉還を決意するということは、慶喜が将軍職を自ら辞したことになりますね。ですから、辞職した慶喜自ら盟主と為り、という風に読み替えると筋が通ると思います」

「花岡ちゃんよ。俺は以前、吉さんから聞いたんだけど、明治政府が天皇を神格化したのは、キリスト教カトリックのイエス・キリストの神格化に習ったというんだね。そのやり方を踏襲《とうしゅう》したというんだがねぇ」

「キリストと天皇ですか？」

「そうだ。もっといえばローマ教皇と天皇だな。ローマ教皇はイエスの地上における代理人として人間以上の存在として位置づけられているんだ。つまりキリスト教徒の中の盟主だ。その盟主もコンクラーベという選挙で選ばれている。明治政府はその手法を天皇家に当てはめようとしたというんだ。しかし天皇が選挙というのもおかしな話だから、ここは自ラ盟主ト為リ、つまり万世一系の皇統を継ぐということだろう。そして事実上、盟主として国家の大権を掌握した。龍馬の狙いが仮に慶喜だとしても明治政府の方針とは逆だったんじゃないか？　それが元で暗殺されたんじゃないかとも吉さんは言ってたことがあるねぇ」

「はあ、キリスト教と天皇ですか……」

花岡はピンとこない。『自ラ盟主ト為リ』という表現が神格にふさわしくないと思われたのである。神は自ら望むまでもなく神であり、盟主なのである。そこに自ラ盟主ト為リとあるのは、それが人間だからであろう。第一天皇が盟主となることを天皇に奏上するという表現がおかしいではないか。やはり、ここは天皇以外の臣民を盟主と仰ぐということだろう。

「警部、仮に〇〇が神格の持ち主であったとすれば、盟主とは唯一人ですよね。つまり唯一神的な表現ですよ。しかし神道は多神教ですから唯一神的表現はそぐわないのではないですか？」

「だから、大きな声では言えんが、天皇絶対主義だといってるんだ。明治政府と朝廷が作り上げたのは、キリスト教と同じ唯一神的天皇教だったというんだよ。あくまで吉さんの説だがね。そういう意味からいけば、龍馬の新政府綱領八策の、この最後の一文は明治政府の方針と食い違ったものになっているだろう。だから○○○に誰が入るのかと、今、問われても困るがねぇ」

「私も困りますね。ここにキリスト教まで持ち出されても……」

花岡は眉を八の字に落としている。

もっともこれには諸説がある。徳富蘇峰《とくとみそほう》は「○○○は、おそらく土佐藩、もしくは山内家をさしたものであろう」と指摘している。

しかし仮に、容堂に盟主になってもらいたいのなら、何も遠慮する必要はない。伏せ字にしなくとも『容堂侯』と書けばよい。○○○はあまりにも礼節に欠けているのではないか、とする反論も一方では存在する。そのことを花岡が言い添えると木島は薄い笑い声をあげながら、

「龍馬は、容堂には盟主になってもらっては困るからこそ、伏せ字にした。そういうことだろう？　嫌な上司の顔を立てて一応媒酌人《ばいしゃくにん》を頼むようなものだな。快諾《かいだく》されるとかえって困ったことになる。なあ、花岡ちゃんよ」

木島はそう言うと、切り忘れていた右手の親指の爪を見つめながら呟いた。花岡は花岡で目を丸くしている。というのも来月、その木島の媒酌で結婚式を挙げることになっているのだった。

「しかし、まあ慶喜であろうが容堂であろうが、あの女将の人生には何の関わりもな

いことだろう。花岡ちゃん、どこからどう見てもこりゃ自殺だよ。幡上竜作との遺留品の共通性は、ただ単に偶然の産物だ。吉さんが執拗《しつよう》に言うから、こうして会議のマネ事を開いたんだが、肝心の吉さんが休職するとありゃあ、問題は終結したのと同じだ」

木島は両手をパンと打ってこう言い放った。

「両者に関係はない。西村本部長にはそう報告しておこう。あんまり引きずっていると、また宇垣陸相から横槍が入るかもしれんからな。そういうことだ。花岡ちゃん、悪いが吉さんに伝言を頼む。まだ、その辺にいるだろうよ。一走り頼むよ」

こうして形ばかりの会議は終わり、小料理屋の女将の自殺は単なる借金苦として処理されたのである。

③

「こんなもんは、陸軍省へ持って行けよ」

昭和六年三月十一日。陸軍少将の建川美次《たてかわよしつぐ》情報担当部長は橋本欣五郎《きんごろう》が認めた上中書を一読すると、こう言ってほうり投げた。

腐敗したこの国の現状を憂えた橋本は、次のような構想をまとめていた。

一、軍縮が汚職で象徴される腐敗政党の手で行われ、削減した経費は困窮せる国民救済にあてるのではなく、財閥地主の特権階級の擁護に使用される。

二、政府は対米協調を主張するが、これはアメリカの策謀に乗るもので、現にアメリカでは排日運動が激化している。

三、ロンドン軍縮条約に成功した政党の魔手は、つぎに陸軍に及び、陸軍軍縮問題となるは必然なり。

四、国政失敗し、諸民困窮し、政府に対する怨嗟《えんさ》の声高し。現状のまま推移せんか、重大事態発生し、国家の基幹を危くするは必定なり。

橋本欣五郎は明治二十三年（一八九〇）二月、岡山市の廻船問屋に生まれた。七歳のとき、福岡県門司市に引っ越し、明治三十七年、熊本地方幼年学校に入学。日露戦争の遼陽会戦《りょうようかいせん》に勝利し、国中が湧き立っているさなかのことである。士官学校は二十三期、砲兵科である。性格は、ひじょうに正義感が強く、卑怯《ひきょう》な行動を嫌った。

その橋本の性格が現状を許さなかった。というのも、この頃、日本陸軍では士官学校出身の下級士官と陸軍大学校出身の上級士官の階級対立が激化していた。士官学校卒業の下級士官は現場を踏まされ、戦場に出れば真っ先に死なねばならないが、永久に将軍にはなれない。大尉あるいは中佐、大佐止まりである。これに対して陸軍大学校出身の上級士官には陸軍省参謀本部の中央官署に勤務し、課長、部長、局長を経て陸軍大臣あるいは内閣総理大臣への道が拓けている。しかも彼らが政財界の大立者と結託することによって、軍の腐敗が急速に進んでいる。そういう認識が橋本欣五郎を一つの行動に駆り立てたのである。

橋本が去りかけると、

「おい橋本、貴様、それを持っていくと、陸軍刑法第百三条による軍人の政治意見公表に該当して禁固三年だぞ」

「そんな法律を気にしていては、何もできませんわい」

「貴様、その覚悟があるか」

「覚悟は、とっくにしとります」

橋本は挑むような目で建川を見た。しばらくその瞳を凝視していた建川は、そこに橋本の真摯《しんし》なまでの心意気を見たような気がした。志ある一部の幹部たちは一縷《いちる》の希望を抱いていた。それは若い士官から自発的にこういう声が上がって来ることであった。彼らは橋本のような男を密かに待望していたのだ。革命の気運を盛り上げ、腐敗したこの国を優れた軍部が指導し、浄化させるために……。

「そうか、それならば、陸軍省の調査班に行け。坂田班長の下に、田中とかいう大尉がいて妙なものを研究しとるはずだ」

「わかりました」

何も知らない橋本は、建川の巧妙な誘導に乗り、さっそく陸軍省調査班に掛け合うことにした。革命の件を、である。

④

吉野を追いかけてきたのは花岡だった。

帰り際、木島警部から府中刑務所の先にある屋台で、一杯やらないかとの伝言だった。

「吉さん、人生っていうのは不条理なものですね」

「ああ」

「元気出してください。吉さんの言うとおり、幡上の一件と『松方』の女将さんの一件は、地下水脈のどこかでつながっているはずです。なんとか木島警部を説得していきますから安心してください」

「龍馬の暗号が、何か重大な鍵を持っているような気がするよ。頑張ってくれたまえ」

「それと木島警部が、これを吉野さんにって」

そう言うと花岡は警察手帳を差し出した。先ほど木島に預けたものだった。

「解雇じゃなく休職だから、刑事魂まで置いていってもらっちゃあ困ると警部がおっしゃっていました」

「そうか。まだ一応刑事のはしくれとして扱ってくれるみたいだね」

吉野は力なくそう言うと警視庁を後にした。振り返ると花岡がうつむいたまま呆然と立ち尽くしている。警察の力が軍隊によって押し潰されていく音が、たしかに耳に聞こえているのだった。

「さて、府中へ来いか。最後の御奉公だな。思いっきり酔っぱらってくれようぞ……」

吉野は呟くと重い足取りで駅へと向かった。

府中刑務所の塀伝いに歩いていくと、二百メートルほど先に「ちょこっと」という赤提灯のぶら下がった屋台が出ている。いつだったか主人に聞いたところでは、夕方の四時半には店の仕度をして五時すぎには開店しているということだ。時計を見ると四時すぎである。まだ時間は早かったが、何、顔見知りなのだ。少し無理も聞いてもらえるだろう。それよりも木島より先に、酒を呷《あお》って酔っ払っておきたかった。こういうときは先に酔った者が勝つのだ。

そんなことを考えながら歩いていると、突然、鉄の扉が開いた。そして刑務所の裏口から看守に背中を押されるようにして一人の男が出てきた。手には唐草模様の風呂敷が一つ。男は長身で肩幅は広いが、全体として、ひどくやせぎすである。意志の強そうな両眉の張った額の下で黒目がちな瞳が鋭く輝いている。色は白く、鼻梁《びりょう》は高い。顎の線がくっきりと浮きあがっており、ここからも頑強な精神の持ち主であることが窺い知れた。ちょっと見には、優男である。男は唇をへの字に結んだまま、背後を振り返った。紺の袴姿が書生風だったが、着のみ着のまま、いかにも務所帰りという風情であった。男は丸坊主の頭をていねいに下げた。

「ご苦労さん」

刑務官らしき恰幅《かっぷく》のいい男も頭を下げている。

「また来ます」

「よろしく頼む」

二人は小声でささやくように会話をしていたが、やがて男が吉野よりも先に歩きだした。

どうやら今日が出所の日だったのだろう。ギギギギッと怪鳥の悲鳴のような音を上げながら鉄の扉が閉められていく。その門扉は、まるで自分の未来を暗示しているように思われて、ちらと視線を投げたあと、吉野は男の背中を追うでもなくぼんやりと歩き続けた。その男は一度肩をゆすり、首を左右に曲げたあと雪駄《せった》を履いた足を北の方角に向けて歩いていく。

やがて男は「ちょこっと」と書かれた赤提灯のぶら下がった屋台を見つけると、その長椅子に腰を下ろした。

しばらく、まだ寒風の舞う夕暮れの空を見上げていた吉野は、屋台ののれんを片手で分け、男の隣に腰を下ろした。親父は吉野の顔を覚えてくれていた。すぐに二つのコップに日本酒を注ぎながら吉野を見て、歯のない口唇を開いてみせた。

「吉さん、ちょこっと今日、警部来れないってよお」

「来ない？」

「さっき、駆け込んで来てそう言ってたぜ。なんでも急用ができたとかで。今日は俺の奢《おご》りだから、ちょこっとやってくれとさ。俺って木島警部のことね。それにしても刑事は羽振りがいいねぇ。それと、これを渡してくれって」

「ちょこっと」というのは親父の口癖らしい。

吉野は封筒を受け取り、中を開いてみた。するとそこには紙幣とメモが入っていた。数えてみると三百円はある。吉野の借家は六畳一間で月十二円だ。それから考えれば結構な額であった。そしてメモには『これで旅行にでも行ってくれ。餞別《せんべつ》です』と木島警部の走り書きがしてあった。

「餞別って、一体どこまで行かせるつもりなんだ、あの人は……」

地球の果てまで行ってこいというわけか。と吉野は心の中で呟いたあとで、なるほど、やはりそうだったのかと了悟した。

逃げたのだ。どうせ酒を飲めば飲んだで、なぜ解雇されなければならないのか、と追及されるだろうし、また吉野自身のグチも聞かねばならない。だから、あらかじめ一人で慰労会をやれと手を打ったのだ。なんという無情か。

吉野は両肩を落とし、目の前に置かれた日本酒の入ったガラスのコップを呆然と見つめていた。

「元気がありませんな」

突然、隣にいた男が、こちらを見て笑った。

……元気がないだと？

吉野は思わず両目を見開き、務所帰りのこの男の顔を凝視した。務所帰りのクセに、生意気な男だ。

「シャバの空気はうまいかね」

吉野はそう言うと黙って、コップの冷酒を舌の上にのせた。すると男は、さらに慇《いん》懃《ぎん》に声をかけてきた。片手にはやはりコップ酒を握りしめている。

「お宅は刑事さんですかい」

「ま、そんなところです。しかし、それも今日まで。明日からは無職」

「というと？」

「これですわ」

吉野は首のあたりに右手の手刀を持っていき、横に引いてみせた。男は、うんうんとうなずいたあと、主人に合図を送った。何の合図かはわからなかったが、主人は一度かがみ込むと、足元にあった風呂敷包みを両手で男の前に差し出した。その包みの中には、どうやら四角い小箱があるようだ。男は両手でそれを受け取ると、吉野に向かってこう言った。

「刑事をクビということじゃあ、明日から仕事にお困りでしょう。どうです、俺と組みませんか？」

「組む？」

吉野はコップを置き、おでんの具の入った皿を脇によけた。そして肘《ひじ》をついて男の顔を凝視した。

「いえね、三、四日あれば、事は済むんです。こいつを岡山まで運ぶだけでいいんですよ」

男は、ちくわをくわえたまま、ポンポンと箱を叩いてみせた。

「なんですか？　それは？」

「中身は、今は言えません。組むとおっしゃれば、しかるべきときにお教え致しやしよう。それと報酬は……」

男はそう言うと、初めて名を名乗った。

「ああ、そうだった。申し遅れました。俺は坂本善次郎。しがない骨董屋ですが、こいつは表向きの稼業。実際は埋蔵金を求めてあちこちほじくり返してきました」

「あ、あの私は吉野正次郎。で、それを岡山のどこに持っていくというのです？」

「備前です」

「びぜん？」

吉野は、おうむ返しに問うていた。

なるほど。埋蔵金探しの骨董屋か。おそらく贋作《がんさく》物を売りつけて捕まったのだろう。微罪ではある。殺人犯ならいざ知らず、この程度の悪党なら監察がわりに付き合ってみるか。それに、もし箱の中身が阿片《あへん》だとやっかいなことになる。務所から出た男の闇取引を警視庁の元刑事が見逃したとあれば、何かとあとで面倒なことになるだろう。なに、尻尾をつかんで岡山県警に突き出せばいいのだ。あそこには道定君がいる。彼らの手柄にしてやればいい。それに旅費や飯代には困らない。何しろ木島警部からは、旅でもして来いと慰労金を預かっているのだ。

ええい、ままよ。吉野はコップ酒を呷ると熱い息を吐きながらこう言った。

「つき合おうじゃないか。坂本善次郎君」

そのときラジオから唄が流れてきた。東京の杉並にある子どもの合唱団の声だった。

〜わらしべ長者が手に入れた　黒い髪の女の子
わらしべ長者が手に入れた　青い小鳥と金の粒
わらしべ長者が手に入れた　誰も知らない理想郷
わらしべ長者が手に入れた　神のお山の黄金郷
ええじゃないか、ええじゃないか
濡れ手に泡もええじゃないか
いつかなりたや　わらしべに

屋台の片隅に置かれていた坂本龍馬像の置物を見つめていた坂本善次郎は、ふいにこう聞いた。

「吉野さん、この龍馬は懐中に何を入れていたんでしょうね」

「拳銃だという人もいれば、万国公法だという人もいる。私は何も持っていなかったと思うがね」

「そうですか。何も持っていない……。なるほどね」

半信半疑の表情でうなずくと坂本は歌うようにこう言った。

「ああ、それと報酬の件ですがね、黒い髪の女の子と青い小鳥と金の粒でどうですか?」

妙な男だった。悪い冗談だろう。吉野は苦虫を噛み潰したような顔で吐き捨てた。

「報酬など要らんよ。それより旅がしたいんだ」

⑤

機関車は煙を吐きながら富士山の裾野を回りこんでいく。

超特急「つばめ」は静岡を過ぎたあたりで夕焼けの空に向かって突き進んでいた。特急「富士」「桜」の二本が東京—下関間を走っているが、東京駅で待ち合わせた坂本と吉野は超特急「つばめ」で行くことにした。

東京駅を十四時〇〇分に出発する「つばめ」は、横浜で三十秒停車し、補機と呼ばれる後押し用機関車と連結する。そして標高四百五十五メートルの御殿場駅を通過したところで補機を切り離し、ノンストップで東海道を走り抜けると、午後七時二十九分に名古屋に到着する。それ以後、神戸まで爆走を重ね、東京駅から神戸駅をこれまでの十一時間二十分から、わずか九時間で結んでくれるのである。神戸から岡山までは山陽鉄道を使わねばならないが、それも苦にはならない。二人は神戸に午後十一時に着いたのち、駅前で一泊して翌朝、再び岡山に向けて旅立つつもりであった。

「つばめ」は八両編成である。三等車が一両、二等車二両、一等車一両、そして荷物車の編成であったが、二人は三等寝台車に乗り込んでいた。

坂本善次郎は寝台の中であぐらをかいたまま、瓢簞《ひょうたん》に入った酒をぐびぐびと喉を鳴らしながら注ぎこんでいる。

寝台車の料金は上段八十銭、中・下段が一円五十銭だ。カーテンも枕も毛布もなかったが、疲れた体を横たえるには快適でさえある。料金は吉野が持つことにした。なにしろ木島警部からの餞別が懐を温めてくれているのだ。

吉野は真向かいの寝台に正座して、坂本の様子を見つめていたが、差し出された瓢簞を受け取り、両手で顔の前に傾けた。そして口唇を右手で拭ったあと低い声でこう言った。

「ところでアンタ、稼業は？　うまくいってるのか？　埋蔵金掘りというのは、どうなんだね？」

吉野の口調はぞんざいだったが、坂本は意に介さず、静かな口調で語り始めた。それによると、元和二年（一六一六）、徳川家康が死んだ当時、数百万両の金が駿河久能《くのう》山《ざん》の秘密の蔵のなかに隠されていた。それを形見分けとして水戸、尾張、紀伊の御三家に各五十万両ずつ配分し、残りは元和《げんな》九年（一六二三）江戸城に送り届けられた。この金は文久年間（一八六一～四）まで江戸城の御金蔵に保管されてきた。しかし慶応四年（一八六八）四月十一日、官軍の先陣が江戸城に乗り込んで御金蔵を開いてみると小判一つない。というのも四月十一日の夜、幕命を帯びた一団が浅草今戸橋場の銭座、金座から十七万五千両を運び出し、三河島に埋蔵したのである。その十七万五千両は、昭和六年になった今も発見されていないのだが、坂本はそれを探しているというのである。

「見つかったのかね」

「いや、まだだ。しかし、いいところまで行っているさ」

「骨董屋というのは？」

「埋蔵金を掘っていると徳川家の残骸が出てくるのさ。そいつを洗って磨きをかけて、旧幕臣や華族のもとを回って雀の涙ほどの銭で売りさばいているのだ」

坂本はそういうと白い歯をみせた。屈託のない笑顔だった。

「なるほど……。それはそうと、もういいでしょう。教えてくれませんか？」

吉野は坂本の隣にある例の風呂敷包みを指さした。

「その箱」

「ああ、これかい？」

そう言うと、坂本はいきなり、風呂敷包みを吉野の寝台に投げ入れた。

それを両手で受け止めた吉野は、意外な軽さに驚いて坂本の顔と四角い箱を交互に

見ながら、

「開けても構わんのですか」

「いいとも」

坂本は、するめいかを口にくわえたままうなずいた。

生唾《なまつば》を飲み込みながら吉野が風呂敷包みをほどくと、中から出てきたのは桐の箱だった。縦横に紐がかかっている。もどかしい思いでそれをほどいて、蓋《ふた》を外しにかかる。だが、びくともしない。それもそのはずで、四方を釘で打ち抜いている。

「駄目だ、これは……」

吉野が顔を上げると、坂本は微笑を浮かべてみせた。

「残念でしたな。まあ楽しみはとっとくというもんだ」

吉野が再び風呂敷に包み直そうとしたときだった。転轍機《てんてつき》の方向が変わったのか、ガタリと列車が大きく揺れた。その途端、四角い箱は吉野の膝から滑り落ちて、激しく床の上にぶつかると、音を立ててころがった。踏み切りを、けたたましい警笛を鳴らしながら列車が通り過ぎていく。

「おっと」

坂本も慌てたのか、顔を突き出して片手を下に向けて泳がせている。見れば、箱の底が抜けて、四角い板が輪を描くように回転しながらコトンと音を立てて止まった。

幸い下の寝台に客はおらず、寝巻きのまま飛び降りた吉野は、思わず声をあげていた。

「こ、これは……」

よく見ると、箱の中から黒い十字架が飛び出している。吉野は坂本の顔を凝視した。

「あんた、クリスチャンだったのか？」

吉野は坂本が務所に入っている間に耶蘇《やそ》教に入信したのかと思ったのだ。

「いやいや……」

そう言うと、坂本は首を振り、舌打ちをしてみせた。

「そんなことより壊れてねぇか。もし壊れてたら、あんた、取り返しがつかないぜ」

「と、言われても……」

吉野は両手で四角い箱と底の部分を拾い上げた。

「見ていいですか？」

「仕方ないねぇ」

坂本はため息をつくと顔を引っ込めた。

吉野は再び寝台に戻り、箱の中に手を入れ、十字架と四角い板を引っぱり出した。

さらに奥に巻物が一巻。十字架は長さ二十センチ、横が十センチほどのもので、古びた木製だった。相当年代が経過しているらしく、上部の端のほうは朽ちて丸くなっている。そしてもう一つの四角い木片。それは縦五センチ、横十五センチほどの大きさで、厚さは一センチ。これも相当古いものらしく、表面にはＩＮＲＩの四つの文字がかろうじて見えた。

「このＩＮＲＩとは何ですか？」

「イエス・キリストのことさ」

そう言うと坂本は、ＩＮＲＩはIesus,Nazarenus,Rex,Indaeorum、つまり『ユダヤ人の王ナザレのイエス』の略称だと言った。

「イエスの磔刑のときに、この言葉が罪状書きとして、ヘブル語、ギリシャ語、ラテン語の三ヶ国語で記されてイエスの頭上に掲げられていたのさ」

「さすが筋金入りですな」

務所で教わっただけあって、よくキリスト教のことを覚えたなと、吉野は皮肉を込めたつもりだったが、坂本はまんざらでもなさそうに、「常識だよ、常識」と照れ笑いを浮かべている。

そして、こうつけ加えた。

「俺の宗教知識の先生は、出口王仁三郎《おにさぶろう》だ」

「出口？　あの大本《おおもと》教の？」

ときおり耳にする名前だったが、当局に目をつけられている教団でもあった。あまり深く聞くのも、はばかれたので、吉野は話題を転じた。なによりも丸められた巻物のことが気になったのだ。

「見ていいですか？」

「全部見てるじゃねぇか」

坂本の言葉が終わらぬうちに吉野は、すでに巻物の紐をほどき、それをばさりと広げていた。と、その途端、吉野は両目を見開いたまま凝固した。

「これは……」

そこには坂本龍馬の新政府綱領八策が堂々とした筆文字で記されていたのである。

「坂本さん、なぜこれがここに？」

「二年半ほど前にね、ある人がそいつを預かっていた。何、その人も、これを預かるように頼まれてたんだ。そいつをつい先日『ちょこっと』の主人に預けたという伝言があったんで、取りに行ったという具合だ。そこにあんたもいたと。そういうことだ。わかったか」

二年半前といえば、昭和三年の夏ごろのことだった。

「そもそもこれを誰に頼まれて預かったんだね。その、ある人というのは」

「だから、さる人だ」

「じゃあ、その人のところに戻しに行くのかね？」

「いやいや、さる人はおっ死んじゃったのさ。俺はだから、ある人からこう伝言されていた。『もし、その人物が死ぬようなことがあれば、これを持って備前の自然堂という骨董屋に行け』とね」

吉野は頭の中を整理しにかかった。

「つまり、さる人はもともとこれを持っていた人だ。その人が死に、受け取った人物がそれを君に『ちょこっと』経由で預けた。そして、それを岡山の自然堂という骨董屋に売りに行くっていう寸法かね」

「売るんじゃねぇよ。渡すだけだ」

「では、さる人物というのは耶蘇教徒だったということですかな」

「いや、正確に言うと、その男がその十字架とＩＮＲＩの木片を、ある遺跡から見つけ出したんだ」

「遺跡？」

「吉野さん、いや吉《よっ》さんでいこう。吉さんは熊山遺跡というのを聞いたことがないか？」

坂本善次郎はあぐらをかいた足の裏側を指圧しながら、吉野正次郎の丸眼鏡の奥の瞳を凝視した。二つの目が訝《いぶか》しげにまばたいている。

「クマヤマ……」

知ってるも何もと言いかけて、思わず言葉を呑んだ。世にも奇妙なバラバラ自殺の舞台となった場所だ。忘れるはずがない。しかし、この坂本からはできるだけ情報を引っぱりだしておきたかった。そこで知らないふりをすることにした。

「そのぉ、歴史は好きでも私のは講釈師の歴史でね。古墳がどうとか、邪馬台国がどうとか、遺跡がどうとかは、あまり得意じゃないんだ」

「そうかい。初耳か。だろうね。歴史愛好家でもあまり知っている者は少ないんだ。しかしね、吉さん、ここの名前は覚えておいたほうがいい。修験道の聖地の一つでね。和気清麻呂《わけのきよまろ》の傘下だった場所だ」

「和気清麻呂？　例の弓削道鏡《ゆげのどうきょう》を退治した、あの清麻呂の……」

吉野は思わずトボケてみせたが、坂本のキラキラと輝く両眼を見ているうちに、まるで催眠術にでもかかったように、気がつくとこう言っていた。

「いや、思い出した。知らぬどころか、君、そもそも私が警視庁をクビになったのは、この熊山遺跡のせいなんだよ」

「ほう」

坂本は身を乗り出してきた。列車は揺れている。まるで二人の間にわだかまっている、いくつもの疑問を解きほぐすように小刻みな震動を与えながら。

吉野は丸眼鏡のつるを右の耳元で直しながら口を切った。

「忘れもしない。昭和三年八月十五日のことだった。野鳥観察をしていた地元の郷土史家が男の死体を発見した。なんと、その死体は首だけで、残る胴体も手足も見つからなかった」

「なるほど。殺人事件か」

「いや、自殺だ」

「自殺？　バラバラ自殺か」

「そうだよ。信じられないだろうが遺書があった。そこに不思議な文言があったんだ。そして吉野は例の奇妙な詩を読み上げたあと、こう付け加えた。『秦氏とイシヤは共に似たり』」

「秦氏とイシヤ？」

「そうだ。秦氏は石の民でもあったらしいね。だから合同捜査本部でもそういうことだろうということになったが、私はどうもしっくり来ない。腑《ふ》に落ちないものがあったんだが……。遺書がとにかくすべてだった」

「遺書ったって、そんなものは偽装だろうよ」

「そう思っていた。みながそう思っていたんだ。我々は害者の交遊関係を洗った。すると容疑者の線上に六人の人物が浮上してきた。だがこの六人には全員アリバイがあったのだ。しかし私は、その中の一人が怪しいとにらんで、執拗に追いかけた。ところが、その人物は政界の大立者の秘書を務めていた男でね。おそらくそいつが手を回したのだろう。突然、解雇を言い渡されたんだ」

「なら、そいつが怪しいんじゃないのか」

「だと思う。しかし私には、この男のアリバイはどうにも崩せなかった」

吉野の言うとおり、結局、この事件は世にも奇妙なバラバラ自殺として処理されたのである。新聞社も一切この事件に触れようとはしなかったため、世間が一向に騒がなかったのも無理はない。

「おそらく奴が新聞社にも圧力をかけたんだろうね。しかも君がシャバにいない間に起きたことだ。知らないのも無理はない。それにしても浮かばれないのは幡上竜作だ」

「ハタガミ?」

「被害者だよ。六高OBだ。あのころ、彼は六高で国史を教えていた」

「吉さん、その十字架は幡上竜作のよこしてきたものなんだ」

「なんだって? じゃあ、さる人物というのは」

「幡上だ。幡上竜作だよ。自分が死んだら、これを坂本善次郎に渡して岡山の自然堂に持っていかせて欲しいと、俺の知り合いに手渡していたんだよ」

「なぜ、そんなものを……」

坂本善次郎は両腕を組んだ。

「吉さん。そいつが出てきたのは熊山遺跡だ。幡上竜作が死んだのも熊山遺跡。ということは熊山に行けば、何か手がかりがあるかもしれんな。そのバラバラ自殺の」

「ちょっと待ってくれ。どうにも腑に落ちないのは、なぜ熊山遺跡から十字架が出てきたのかということだ。江戸時代に隠れキリシタンでも住んでいたというのだろうか」

「いや、違う。どうやらそいつは奈良時代のものらしい」

「奈良時代に十字架が？」

「秦氏のことは知ってるだろう」

「ああ、殖産技術を伝えた渡来人のことだな。京都の広隆寺《こうりゅうじ》が秦河勝《はたのかわかつ》の創建だ。その程度のことは知っている。だが、それだけだ」

『新撰姓氏録《しんせんしょうじろく》』などの記録によれば、三八九年ごろの応神天皇の時代に朝鮮半島の動乱を逃れて一二七県の民、約一万八六七〇人が日本に渡来したといわれている。それが「弓月君《ゆづきのきみ》」に率いられてきた秦一族である。もともと彼らは新羅系伽耶人《しらぎけいかやじん》といわれており、日本にやって来ると芸術、建築、土木、鉱業、養蚕業などの殖産豪族に成長したのである。

「そうか。では秦氏が原始キリスト教徒だったってことはどうだね」

「原始キリスト教？」

坂本善次郎はうなずいた。

「つまり秦氏が、その十字架と木版を遺跡の中に埋めたというのか」

「おそらくそうだろう。それを幡上は見つけたのだよ。熊山遺跡で」

吉野は仰天した。

「すると熊山遺跡もキリスト教徒のものだったというわけか？」

「いや、そう決めつけるのも早計だ。秦氏は様々な宗教に通じていた。仏教にも神道にも奉じていたんだ。たとえば広隆寺がその一つだけど、その一方で日本のほとんどの神社が秦氏か、それに連なる人物の創建だぜ。たとえば伊勢神宮、八幡神社、住吉大社、稲荷神社、宇佐八幡宮、伏見稲荷大社、松尾大社、金刀比羅宮《ことひらぐう》、日吉大社、諏訪大社、宗像《むなかた》大社、愛宕《あたご》神社。そして秦一族の泰澄《たいちょう》が興した白山信仰と白山神社。これらは全部秦氏の手によるものだ」

坂本は立て板に水のようにそう言うと、アクビを噛み殺した。

「十字架もさることながら、なぜここに新政府綱領八策が？」

「わからん。わからんのだ。まあ長旅だ。ゆっくり考えよう。眠くなってきたね」

坂本は大きなアクビを一つ二つ。

吉野は丸眼鏡を外しながら、自分もつられるようにアクビを噛み殺した。そして、坂本が横たわるのを見て、自分もごろりと枕の上に頭をのせた。

それにしても、と吉野は思った。それにしても、務所帰りと刑事崩れが二人三脚とは、不思議な縁ではないか。これも退職慰安旅行だと思えば楽しくもある。

「なあ、坂本君」

吉野は呼びかけたが、返事はない。

突然、寝台車を牽引《けんいん》する機関車が汽笛を鳴らしながらトンネルの中に突っ込んでいった。

⑥

「それはおもしろい。君の構想に賛成する」

橋本の構想を聞くと、前・思想班長の町田量一中佐は膝を叩いた。

昭和六年三月十二日のことだ。

「だが不思議なことに、君の構想と瓜二つの構想をもっている者がいる」

「誰ですか？」

「関東軍作戦参謀をしている石原莞爾《かんじ》中佐だ。君は知るまいが、ぼくと同期の二十一期だ。ぜひ石原君に会って君の構想を話し、提携したまえ」

「して、石原さんの構想はどんなものですか」

「うむ、それはこうだ」

町田は石原の構想について語ってみせた。それは次のようなものだった。

真の平和は、最終的に世界大戦を経たのちに、世界と人類が一つに統一されてはじめて達成される。現代はこの最終戦争に向かって刻々と近づいている時代である。世界最終戦争はアジアとヨーロッパの決戦である。その時期はヨーロッパの文化と頭脳がアメリカに集中し、アジアの文化と頭脳が日本に集中したときである。というのも、そのときは東西の科学者は、ほとんど同時に極限兵器を発明しているからだ。大戦はいま（昭和五年当時）から四十年あるいは五十年以後に起こり、二十年ないし三十年は続くだろう。

石原は釈迦《しゃか》の末法思想からこうした予測を打ち立てた。そしてこの未来戦に日本が生き残るにはどうあるべきか。それを模索した結論が資源地として満州を確保することであった。たとえば日本が満州に有する一切の権益を放棄し、軍事的、政治的に退却すれば、中国領土に絶大の野心をもつソビエト・ロシアが、日本の退却と同時に大軍を南下させて中国本土を侵すであろう。たとえ、こういう事態に見舞われても中国に侵略防止の力量があればよいが、国内分裂し軍閥抗争している中国には不可能である。とすれば、日本の退却はソ連の中国侵略を誘発し、アジア全域の安定を破壊することになる。

石原はそこで、満州を強制的に中国から分離し、独立国家を建設してその安定をはかる以外に道はないと考えたのである。

だが、この案を実現するには日本の政治体制では不可能である。石原は、ここで日本の革命を次のように主張していたのだ。

「政治、財閥、官僚、軍閥のすべての特権階級は有害無益である。彼らは失政、腐敗、貪欲《どんよく》、無能で、自ら墓穴《ぼけつ》を掘っている。さらに我々青年は大墓穴を掘って、彼らを盛大に埋葬してやろう」

橋本は町田から石原莞爾の構想を知ると、ますます自信を深めた。と同時に、自論に石原の未来予測を加えることで、革命後の展望がはっきりと見えてきた気がしたのだ。

「必ず石原さんと提携します」橋本は誓った。そして彼は革命への階段をまた一歩駆け上ったのである。

⑦

坂本善次郎と吉野正次郎は、岡山駅から山陽鉄道に乗り換え、熊山駅に向かっていた。

駅につくと坂本は、駐在所に入り、道案内を乞うた。すると若い巡査が身振り手振りで場所を教えてくれた。

「そばまで行きゃあわかるけど、古い看板が上がっとるけぇ。なにしろ老舗じゃ」

岡山弁でそう言うと若い巡査は白い歯をみせた。巡査が指で示した方向に、あぜ道のような細い馬車道が東西を走っている。そこを道なりに歩き続けていると、たしかに古い木の看板が見えてきた。『自然堂』と大書されている。なるほど老舗の骨董屋らしく備前焼の大壺などが品よく並べられている。

「山本仙太郎さんは、ご在宅か」

坂本善次郎はのれんをくぐった。吉野もあとに続く。主人は僧侶のような坊主頭を撫で回しながら店の奥から出てくると、着物の裾を折って正座をした。どうやら暇をもてあましていたらしく、独り酒を楽しんでいたようだった。顔はほんのりと上気しており、少々酒臭い。

「これを」

坂本は、抱えていた桐の箱を主人に手渡した。

「おっ」という声が山本仙太郎の口から漏れたが、すぐに冷静さを取り戻すと、両手で箱を押し戴いた。

「そうですか。戻ってきよりましたか」

「戻ってきた？」

吉野は山本仙太郎の鋭い目に微笑を投げ込みながら聞いた。

「いやね、幡上さんから、自分に万が一のことがあれば、日を待たずして桐の箱を届けに来る者がある。その者が来たなら、これを渡してほしい。そう言われておったんですわ。そうか、あれから二年半か」

山本仙太郎は、ふいに立ち上がると店の奥に一度消え、両手の中に包むようにして小さな器を手に、再び姿をあらわした。戻ってくると主人は二人を交互に見ながら、

「念のため、中を改めさせてもらいます」

そう言って桐の箱を包んでいた風呂敷をほどいた。桐箱を手にとり、底の部分をまさぐっていたが、やがて底部をひき抜いた。さらに中をのぞき込むようにしながら十字架と木片、そして巻物を取り出した。

「ああ、間違いありませんな。本物ですな」

そう言うと、山本は「これを」と言いながら香炉のようなものを坂本善次郎に差し出した。

「何ですか、それは？」

吉野は坂本の手元をのぞき込んだ。坂本は蓋を取りながら言った。

「三彩釉《さんさいゆう》小壺だね」

「香炉と違うのですか？　どうしてまた十字架が香炉に化けたんだ……」

「後ろの人、間違い。前の人が正しい。香炉と違います。奈良三彩釉小壺です。唐のものです。日本には奈良時代に入ってきましたが、わかりやすくいえば仏陀《ぶっだ》の骨壺ですわ。生前、先生は仰せでした。わらしべ長者が来る。その人に渡してくれ、と」

「仏陀の骨壺を？」

二人は同時に声をあげていた。キリストの次は仏陀か……。吉野は心の中で呟きながら、山本の笑顔にあふれた福々しい顔を見た。

「仏陀が入滅《にゅうめつ》して荼毘《だび》に付されたあと、その骨を三百人の弟子が小分けにして宣教の旅に立ったんですわ。それで行く先々で埋葬した。するとそこが塔になったという伝説が生まれたんで、日本でも塔を建てるたびに舎利を納めるようになったんです。その舎利というのが仏陀の骨のことです」

「幡上さんは、これをどこで手に入れたのでしょう」

吉野は丸眼鏡の奥のよく光る目で山本を見た。

「熊山遺跡ですわ」

「熊山遺跡？」

吉野と坂本は顔を見合わせた。幡上はキリスト教に続いて仏教の象徴ともいえる聖具を発見し、それを自然堂に預けていたのである。

小壺の蓋を外し、中をのぞいていた坂本が突然、声をあげた。

「何かあるね」

　小壺の底部に四角く折りたたまれた紙片がひっそりと眠るように置かれている。それを手にとると、坂本は急いで広げてみた。そこには幡上の筆使いで次のような文字が認められていた。

『長命寺に之ヲ持ちテ、奉納せよ。幡上竜作』

　坂本は主人を見た。

「山本さん、長命寺というお寺をご存知ありませんか？」

「長命寺？　それでしたら、ここから三十分ほど歩かれた先にあります。地図を書いて差し上げましょう」

　そう言うと山本は、わら半紙に鉛筆を走らせて簡単な地図を書き始めた。

「かたじけない。山本さん、申し遅れました。私は坂本善次郎。こちらは元警視庁の吉野正次郎さん。理由あって幡上竜作の死亡事件を追いかけている。何かあれば、また来ます。とりあえず長命寺に行ってみます」

　そう言うと、坂本は小壺を手に、脱兎《だっと》の如く店を飛び出した。

「待ってくれ」

　吉野も山本に会釈をすると、慌ててその背中を追いかけた。

「一体どういうことだろうか」

「何がだね」

坂本は走りながら背中で吉野に問い返した。

「幡上はなんで君を振り回しているのかということだ」

「俺だけじゃない。アンタもだろう」

「私は面白がってついてきただけだ。なぜ君をアチコチに歩かせようとしているのかが知りたいんだ。ちょっと君、歩いていこうじゃないか。息も……息も、キレてきた」

吉野は思わず立ち止まり、膝を折って荒い呼吸を繰り返した。坂本も歩速を緩めて後ろを振り返った。

「キリスト教の聖具も仏教の聖具も全部、幡上が生前に熊山遺跡から見つけたものだ。何かがあの山で起きていたのだ。それを幡上は告発しているのかもしれん。とりあえず寺にいってみよう。何かわかるかもしれん」

⑧

大川周明《しゅうめい》は拓殖大学の大教室の演壇の前に立っていた。

すでに大川は橋本欣五郎と気脈が通じている。現在、画策している革命の民間側の蜂起を、この大川周明が担当するということで話が進んでいる。『時局批判講演会』と名づけられたこの講演会も、来るべき革命への序曲であった。学生たちを前にして、大川は静かにこう言った。

「明治維新の前に、英雄が雲のごとく涌出した。なかでも薩摩の西郷南洲《なんしゅう》、江戸の勝海舟、熊本の横井小楠《しょうなん》は天下の三傑といわれた。その横井小楠は、越前福井の藩主松平春嶽のために『学校問答』を書いた。それによると、政治の根本は人物を養成することであり、人物を養成するには学校を興さねばならぬ、とある。だが、小楠は学校だけが人物を養成する道ではない、と指摘している。なぜなら古来から、学校から人物が出たためしがないからである。すでに、学校で人物を養成し政治の役にたてる、と考えた瞬間から、そういう意識をもった出世主義者や巧利主義者の学生が集まってきて、人物にあらざる者ができるからである。学問において真実は善なりと学ぶとき、政治でも虚偽は悪でなければならぬ。学問において虚偽は悪なりと学ぶときは、政治でも虚偽は真実は善でなければならぬ。善は単に学問の上のことで、政治では偽善であってよいということでは絶対にない。学問の善は政治の善であり、政治の悪は学問の悪でなければならぬ。これが政学一致であって、ただこの一点のみを身に体するだけで、政治は根本的に改まるものである」

　大川は淡々と語って、コップの水を飲んだ。

「このことは単に個人の問題ではなく、民族にとっても同様である。日本民族はロシアやアメリカの奴隷ではなく、日本民族そのものとして一個の主人でなければならぬ。かくて修業し政学を一致させ、刻苦精励して魂を磨くならば、必ずや英傑生まれ民族興隆せん。諸君、現在は乱世である。政治乱れ、学問乱れ、社会乱れ、文化乱れ、いっさいが乱れている乱世である。今日ほど英雄の出現を待望するときはない。諸君、刻苦精励して英雄たれ」

大川は一段と声を張りあげ、聴衆の顔を一人ひとり見回した。

「?」

一瞬、大川は息を呑んだ。あれはたしか警視庁の木島隆憲ではないか。特高のカミソリの異名を持つ男が、またどうしてこの場所に……。よく見れば、隣に若い男が立っている。大川は名前を知らなかったが、おそらく奴も特高の刑事だろう。暇な奴らだ。それとも何か? 来るべき革命のなんたるかを知りにやって来たのか? 反体制がやがて主流になるというときに、我々を取り締まろうとは愚かな奴らよ。面白い。せいぜいこの革命が正当な決起であることを思い知るがいい。

大川は一段と大きな声を張り上げた。

「諸君、夜明けは来た。諸君は口を開けば、『あんなつまらぬ者でも大臣になれるのか』と言い、また、『一度面前に出て圧倒されるような大人物に会ってみたい』と言う。この言葉は今日の青年の眼中には、偉大な人物も政治家もないことを示している。

あるのは軽蔑、軽視、無関心だ。これこそ、諸君が英雄の出現を待望している証拠である。いまやわが国は腐敗混乱し、一大英雄によらねば整理統一は不可能である。それは戦国騒乱に似て、信長、秀吉の時代となりつつある。いまこそ英雄出でて天下を統一するときである。諸君、奮起せよ。奮起して英雄たれ」

大川は叫び、演説が終わると万雷の拍手を背に、静かに演壇を下りた。短い演説だったが、若者たちの頬は紅潮していた。

「花岡ちゃん、行こうか」

木島は立ち見の学生たちの間をすり抜けるようにして会場をあとにした。

「あれだけ学生を煽《あお》っているのは何のためですかね」

「時局批判講演会だからな」

「たしかに彼の言っていることは正論です。それなりに説得力もある。僕なんかも心中、そうだ、そうだ、とうなずくところもありました」

「こういう時代だからこそ正論が新鮮に聞こえるんだ。だが正論を吐くことと、正論を行動に移すことは違う。正論を行動に移そうとすれば、やがて詭弁《きべん》が生じる。その詭弁がなんなのか？　問題はそこだ。そういう意味からすれば、大川はまだ尻尾を出したわけじゃない」

「大川から目を逸らしては駄目です。奴は幡上竜作の一件と女将の自殺に一枚噛んでいるはずです」

「わかっとる。だが、こっちもニギニギしくやるわけにはいかんのだ。あくまで隠密でやらねばならん」

二人は、春のうららかな陽光を浴びながら背中を丸め、拓殖大学を後にした。

⑨

坂本と吉野が長命寺の山門をくぐると、かぐわしい線香の香りが鼻腔を撫でてきた。取り次ぎに出た雲水の一人に住職を呼んでもらうことにした。しばらく境内を眺めていると、やがて住職が境内の飛び石を踏んでやって来た。挨拶もそこそこに坂本が小壺を差し出すと、住職はハッと目を見開いた。

「なるほど、やはりおいでになったか。わらしべ長者が……。幡上さんの遺言は真《まこと》じゃったか」

頭頂部の尖った頭を陽光にさらしながら、その住職は破顔一笑した。

「これは的中したな。幡上さん……」

人なつこい笑顔を浮かべている。警戒心は解けたのだろう。住職の名は長英といった。坂本善次郎と吉野正次郎は互いに会釈をした。やがて坂本が口を切り、これまで

の顚末《てんまつ》を語って聞かせると、

「それで拙寺に小壺をお持ちくださった、と」

「左様です」

「なら、こちらも返礼をしなければならんな」

長英は後ろを振り返り、そこに立っている雲水の一人に片手を振った。

「おい、あれを持って来い。幡上さんのあれじゃ」

雲水は大きくうなずくと寺務所の中に姿を消したが、ほどなく紙包みを両手で抱えながら小走りに寄ってきた。

「うむ」とうなずいた長英は、それを受け取ると、片手で「山陽新報」と書かれた新聞紙の覆いを取った。そこにあったのは両手を左右に広げ、片足を上げて踊る神像であった。女神のようでもあるし、男神のようにも見える。つまり両性具有の神のようだった。その周囲を直径十五センチほどの円が囲んであり、円の周囲には小さな炎とも花びらともつかぬ彫刻が施されている。よく見れば、神は太陽の中で踊っていた。

「これは……」手を伸ばしかけた吉野は、その荘厳なたたずまいに思わず手を止め、見入っている。

長英は坂本に向かって微笑した。

「シヴァ神じゃよ」

「シヴァ神?」

坂本の言葉に長英はうなずいた。シヴァ神は破壊と再生を司るインドの神である。シヴァ神には妃神がいた。だが、目の前の像は踊る姿であらわされることの多い、シヴァ神そのものであった。また神像の周囲の輪は女陰をあらわしているとも考えられる。

「仏教の寺にヒンズー教の神とは、これ如何に。拙僧も幡上さんにそう申し上げたが、どうしても、と言うので預かったんじゃ。もし自分の身に万一のことがあれば、仏舎利の小壺を持ったお人がここを訪ねてきなさる。その人がわらしべ長者なので、これを手渡してほしいと。理由は聞かんでくださいというので、お布施《ふせ》と一緒に阿吽《あうん》の呼吸で引き受けたがのう」

「幡上さんは、これをどこで手に入れたのですかな」

吉野は丸眼鏡の奥の目を光らせた。

「熊山遺跡です。そうそう、わらしべ長者にこう伝えてほしいと、伝言を二つ承っておる」

そう言うと住職は懐中からメモを取り出した。そしてそのメモを坂本に手渡しながら、「たしか『五時、熊山遺跡の北西に鍛冶神様あり。この神に行方を聞け』それとあと一つは『マグダラは娼婦に非ず』じゃ」

「待ってください。もう一度お願いします」

吉野は黒皮の警察手帳を取り出すと、そこに鉛筆を走らせた。

『五時、熊山遺跡ノ北西ニ鍛冶神様アリ。コノ神ニ行方ヲ聞ケ』

『マグダラハ娼婦ニ非ズ』

どういう意味だろうか。後ろの『マグダラハ娼婦ニ非ズ』は、たしか幡上の遺書の中にあった例の奇妙な詩の一節『私は娼婦であり聖なる者』に対応しているような気がするが、果たしてどういう事なのか。

吉野が腕時計を見ると、時計は午後四時二十分を指している。住職は、これから熊山山頂まで徒歩で登るなら二時間はかかるだろうと言う。しかも寺から熊山までは徒歩で一時間。少なくとも三時間は、見ておかなければならない。

「仕方ない。吉さん、岡山で一泊だ」

「私は構わんが……」

吉野は手帳を胸ポケットの内にしまい込みながら、片眉を上げた。

「ご住職、幡上さんはご生前、一体何をなさっていたのでしょう」

「これは驚いた。おたくは幡上さんのお仲間ではないのか?」

坂本が答えた。

「仲間どころか、アカの他人でしてね。ひょんなことから、わらしべ長者よろしく熊山遺跡の秘宝巡りをやらされておるわけです」

「そちらのお方もか？」

「ええ。よんどころない事情で……」

吉野も苦笑を浮かべてうなずいた。

「そうか。いや拙僧も詳しくはわからんのじゃ。しかし、どうも幡上さんは熊山を聖地のように思うとったんかのう、よう修行なさっておられた」

「修行？」と坂本。

「うむ。修験道じゃ。あの人は六高時代から修験道に凝っておられてのう。よく山籠りをされておられたようじゃ」

それは吉野も調べ上げていた事実である。二人は顔を見合わせていたが、ふいに坂本が口を開いた。

「何かが幡上さんの周囲で起きていた。幡上さんが、その中心だったのか、あるいは協力者だったのかわからないが、命の危険を感じるような何かが起きていた。そういうことですな、ご住職」

「そうでもあり、そうでもなかった、としか言えんなあ」

「しかし我々が、こうしてここに来ている以上、幡上さんの予言は的中した。ということは、我々を動かしているのは、幡上さん自身だ。違うか、吉さん」

「うむ。そういうことになるな。だが、このシヴァ神の像は？　どういう意味がある？」

「わからん。ともかくご住職、我々は岡山に一泊します。何かあればこちらにまたお伺いしますので」

「なら、ワシの知っとる旅館をご紹介しよう。婆様一人でやってるとこだが、何しろ気がきくし、飯だけはウマイ。ときどき風呂に湯を張るのを忘れとることがあるが、それを除けば言うことなしじゃ」

和尚は雲水に書かせた地図を吉野に手渡してくれた。一方、坂本は新聞紙でシヴァ神の像に覆いをかけ風呂敷に包むと、両手で抱えるようにしながら寺を辞去した。

二人は再び熊山駅に移動し、駅のそばにある古びた旅館に宿を取ることにした。

⑩

「熊山というのは不思議な山だね」

吉野は徳利を傾けながら坂本を見た。坂本は盃を口元に運び入れたあと大きく唸った。

紹介された旅館の名は「備前屋」だった。

「うまいなあ。さすが米どころだ」

口唇を袖で拭ったあと、坂本はこう言って笑った。

「なんでもありの山だな。吉さん、仏教、ヒンズー教、キリスト教。考古学的にどれほどの価値があるのかわからんが、少なくとも幡上は興奮せずにはおられなかった」

「どうしてそう断定できる？」

「盗掘だからだよ」

「盗掘……」

「だってそうだろう。幡上は死ぬ前にこうした秦氏の聖具を隠している。なぜ隠す必要がある？」

「それは公になるとやっかいだからだが……」

「そう。そして盗掘には仲間がいた。幡上はその仲間から秘宝を隠した。そしてそれを知った仲間によって幡上は抹殺された。あらかじめ身の危険を察知していた彼は、手を打っていた。それが我々だ。考えても見たまえ、わらしべ長者のようなやり方で我々はおびき出されている。そういうことではないかな」

「さすが……」

前科者だけあって鋭いな、と言いかけて、吉野は言葉を呑んだ。坂本善次郎の人物はさておいても、たしかに彼の言うことは的《まと》を得ている。

「だが、坂本さん。あれを我々にどうしろと言うんだろうな」

吉野は踊るシヴァ神の像を指さした。坂本は、ままかりの酢漬けをほうばりながら、しばらく顎を動かしていたが、やがてこう言った。

「今度は熊山でわらしべ長者をやれというのだろう」

「すると何か別な宝物があるということだな」

「そう。これ以上のものか、これに匹敵する何かがある。吉さん、明日はスコップがいるぞ。たぶん土を掘り返さなきゃならんだろう」

「どうして？」

「五時に鍛冶神様に聞けというのだろう。鍛冶神様のそばに置いているなら何も時間を午後五時に指定しなくとも構わんだろう」

「しかし人が待っていたら？」

「住職が言ってたろう。鍛冶神様は無人のはずだ。我々がいつ来るともわからんのに待ち続けるものかね」

「そう言われればそうだな」

と、そのとき襖の向こうから宿の老女の声がした。

「お燗でもしましょうか？」

「お銚子二本、頼むよ」

坂本が声をかけると襖が開き、老女が顔をのぞかせた。

「まあ、見事な……」

老女将は両目を見開いて太陽の中で踊るシヴァ神像に見入っている。

「えらいものをお持ちじゃなあ。お宅さん、どこで見つけたん？　熊山かどっか？」

「どっかって、なぜ熊山だと思ったのかね」

坂本の問いかけに老女は微笑しながら、

「言い伝えですわ。昔からあの山には、よその国の神さんや仏さんがおわして、山を守ってるっちゅう話なんじゃ。それも、よその神さんじゃろ」

「そう、シヴァ神といって、インドの神さんだよ」

坂本は備前焼でできた盃を口元に運び入れた。

「ほんなら、早う売ってしまわんと、お縄になるかもしれんよ」

「お縄？」

女将はうなずいた。彼女によれば、来年の春ごろから熊山遺跡に本格的な学術調査が入るようである。

「六高の関係者やら、研究所のおえらいさんやらいっぱい来て、掘り返しよるらしいわ」

「六高関係者？」坂本と吉野は同時に声をあげた。

「考古学やらいう難しい学問をしてる研究者らしいですわ。あ、これは失礼して、長話ししましたわ。すぐにお燗をお持ちしますから」

老女将はそう言うと、腰をかがめながら部屋を出て行った。その背中を見送った坂本が吉野を見た。

「吉さん、聞いたかい。来春、あそこを正式に学術調査するらしいね」

「その情報をいち早くつかんだ六高教師の幡上が遺跡を盗掘して、こうした聖具を発見し、それを隠したということか……」

「すると問題は、幡上が誰と組んで熊山を掘り返してきたかということだな。吉さん」

「いや、それならわかっている」

「わかってる？」

そうだ、と吉野はうなずいた。

「岡山県警と合同本部を置いた。交友関係を拾ってみると、さっきも言ったように幡上を入れた七人のグループが浮上したんだ。この七人は投資集団を結成していたらしい。集団の名は、昭和海援隊だ」

「昭和海援隊？」

備前焼の徳利を返して、盃に酒をたらしていた坂本は、ふとその手を止めた。

「昭和二年に五十円の金相場の投資から始めて、すぐに百五十円の大金を手にしている。それから小豆やダイヤモンド、果ては石炭。昭和三年に入って彼らが手にした利益は二千円にものぼっていた。彼らは、その資金を米国に投入した。ところが、はるか海を越えた米国の穀物相場が大暴落したんだ。それで彼らは莫大な借金を背負うはめになった。そして昭和三年六月に昭和海援隊の資金は破綻した。そこで新たに昭和陸援隊という組織を立ち上げて挽回に走ったようだ。幡上以外の六人のメンバーは、海援隊から陸援隊に移籍している」

「なるほど。金が要ったわけだ」

「坂本君」

吉野は改まった口調で坂本善次郎に呼びかけた。

「彼らは資金目当てで、それを掘ったということだろうか」

「でしょうな。どう見積もっても、あれだけの珍品なら千円以上の値がつくだろうね」

坂本は盃を宙に止めた。そしてこう続けた。

「幡上は独占を考えた。だがそれを知った残る六人に制裁を加えられ、熊山遺跡の中に生首をほうり込まれたということだ」

「しかし遺書は?」

「そこだ。たとえば幡上が六人全員に各自、遺書を用意させて、熊山に招集をかけたとしたらどうだ、吉さん。すると全員が遺書を携えていたことになるだろう。彼らは幡上の懐中から遺書を抜き取り、それを遺跡の中に入れ、熊山を立ち去った。こう考えれば辻褄《つじつま》は合う」

全員が遺書を⁉　そんなことがあり得るのかと吉野の胸に疑問が走ったときだった。

突然、老女将が徳利をのせたお盆を手に、部屋の障子を後手に閉めた。

「遺書がどうしました？」

「いやいや、こっちのことだ」

坂本は片手を振り、女将に座布団を叩きながら座るよう勧めた。

「よっ。熊山の女神。一杯やろうじゃないですか」

「いいのかい？」

老女は遠慮するどころか、坂本の盃を受け取ると、嬉しそうに坂本と徳利を見比べた。そして注ぎ込まれた地酒を一息で飲み干してみせた。

「はぁー。石子詰めにされようが何されようが、幸せじゃぁ」

女将はそう言うと坂本に返盃した。

「女神。今なんと言ったね？」

坂本は顔に皺を集めて老女を見た。

「石子《いしこ》詰《づ》め」

今度は吉野が身を乗り出した。浴衣の前がめくれ、両足が露わになっている。

「知らないのかい？　お山の掟だよ。修験者が山に入って病気になると、お仲間の修験者は、穢《けが》れを祓《はら》うと言って、殺してもかまわんことになっとるんよ」

「殺してもかまわない？」

吉野と坂本は、同時に頓狂な声を出した。

「穴に埋められて、石を投げられて殺されるんよ」

「石を投げて殺す？」

吉野は坂本と目を合わせた。そして、こう尋ねた。

「すると女神よ。熊山でも石子詰めは行われただろうか」

「そりゃあ、あるじゃろう。たしか山の頂上の方に石子塔があった言うて、備前焼の先生が言うとったよ。先生、呼んでこようか。どうせ近くの赤提灯で一杯やっとるやろう」

そう言うと老女は立ち上がり、二人が止めるのもかまわずに階下へ降りてしまった。

「坂本君、石子詰めだ」

「おそらくそうだろう。吉さん、幡上はこの連中に石子詰めにされたんだ。遺書は石子詰めを前提に書かれたものだったんだ」

「しかし現物不在証明《アリバイ》が……」

検死の結果、幡上が惨殺されたのは八月十五日午後二時から三時の間の一時間である。その間に一度首を絞められたうえで切断されているのだ。ここまでわかっているのに、県警も警視庁も自殺だと断定したのである。だがそれ以上に彼らにはアリバイがあった。

「これがアリバイ表だ」

坂本は差し出された吉野の手帳を受け取ると、そこに視線を落とした。細かい文字がビッシリと並んでいる。

矢吹作太郎（一高ＯＢ）	元貴族院議員秘書	八月十五日午後三時四十分、福山・天心寺　午後五時四十分、熊山駅。
木元一海（二高ＯＢ）	実業家	八月十五日午後三時、熊山遺跡ピラミッド前、午後三時十分、下山。
小泉茂三（三高ＯＢ）	陸軍	八月十五日午後三時、熊山遺跡ピラミッド前、午後三時十分、下山。
山城留太郎（四高ＯＢ）	陸軍	八月十五日午後三時、熊山遺跡ピラミッド前、午後三時十分、下山。
三条定美（五高ＯＢ）	医者	八月十五日午後三時、熊山遺跡ピラミッド前、午後三時十分、下山。
飯野太吉（八高ＯＢ）	実業家――八高教師	八月十五日午後三時、熊山遺跡ピラミッド前、午後三時十分、下山。
幡上竜作	六高教師――柔道部ＯＢ	八月十五日午後二時〜三時、熊山第二号遺跡内にて死亡。

矢吹をはじめ木元、小泉、山城、三条、飯野の六人にはたしかにアリバイがある。矢吹は幡上が死んだ時刻に福山にいた。残る五人は、午後三時から十分間、熊山遺跡にいたのだが、この間の様子は郷土史家の老人がそばにいて、じっと観察している。石室の中に入った者は一人もいない。なにしろ石室は老人の愛鳥のアオの巣なのだ。妙な動きがあれば飛んでいったことだろう。

ということは、幡上は午後二時から三時の間にあの石室に自分の首を投げ入れて、歩いて山上から姿を消したことになる。いくら幡上が修験道の達人であったとしてもそんなことができるわけがない。修験道の祖・役小角でも無理だろう。

坂本は手帳から顔をあげた。

「矢吹作太郎という男は元貴族院議員の秘書なのか？」

「仕えていた代議士の名は垣根順之介」

「垣根？　聞いたことがないね」

「元尾張藩士の末裔だそうだ」

「なぜ辞職を？」

「議員活動に疲れたというのだよ。今は隠居暮らしらしい」

坂本善次郎はしばらく沈思黙考した。しかし交友関係のリストに浮かんだ連中が一高から八高のＯＢというのは、なんという偶然だろうか。彼らを結んでいたのは修験たのだろうか。それ以外に何かつながりはないのだろうか。たとえば岳の背景に、別の組織や人物がいるということはありえないのだろうか。坂本善次郎はアゴを撫でながら手帳に視線を落とし続けた。そして、ふいに顔を上げた。

「吉さん、この岳という組織について何かわかっているのかい？」

吉野はうなずいた。

「丸の内の帝国ビルの二階に事務局があるんだが、ここはほれ、例の矢吹作太郎の経営する会社の事務所だ。連絡網といったって全国に七人しかいないんだが、そいつの管理は矢吹の秘書が担当していた。木島良子という女性だ。たしか結成は大正十四年四月一日ということだ。ということは、彼らが一高から八高を卒業してからすぐに結成されたことになるね」

「どうやって知り合った？　そもそもの発起人は？」

「発起人は矢吹作太郎だ。彼が高校時代の知人に声をかけて結成したそうだ」

「全国の？」

「という話だった」

「ずい分顔の広い高校生だね。そいつは高校時代何をやっていたんだ？」

「柔道だ」

「柔道……」

「亡くなった幡上竜作も六高柔道部の主将だった」

「六高柔道部といやあ、寝技で有名だな」

「ああ、六高の寝技といえば、全国の柔道部の連中が震え上がったというぐらいだからね。我々合同捜査本部が調べたところでは、残る連中も皆、強い弱いは別にして柔道部に所属していたのだ」

「すると柔道が結んだのか……」

坂本は両腕を組んで目を閉じた。柔道部に打ち込んでいた連中が、なぜ修験道に走ったのか。また走らねばならなかったのか。

その様子を見ていた吉野は丸眼鏡を外し、浴衣の袖でレンズを拭いながらこう言った。

「柔道に修験道は役立つかということを思っているのであれば、それは山籠りという意味からも十分に考えられることらしいよ」

「山籠り？」

「彼らは高校時代に年に一度、熊山で合同合宿をしていたそうだ。合宿といっても畳とは無縁の荒行だったそうだがね」

「しかし柔道部のＯＢ会が、修験道倶楽部として趣旨変えしたのはどういうことだろうね」

坂本はふいに立ち上がると、窓のところに行き、闇を仕切っているガラス窓を開いた。そして夜気を吸い込んだあと、大きく息を吐き出した。

「自然の魅力にとりつかれたのかね」

「そのあたりの事情を聞こうと二年前の、たしか昭和三年八月三十一日だったと思うが、私は単身矢吹の事務所を訪ねたんだ。そのとき応接室から出てきたのが垣根順之介だった」

垣根は、ステッキを突きながら紋付袴姿で、傲然と胸をそらして事務所を出て行ったと、吉野はしみじみと語り、こうつけ加えた。

「矢吹は、まるで米つきバッタのようだった」

「ということは、議員と秘書の関係は続いていたということか」

「だろうね。それで、だ。応接室に通された私の目の前で奇妙なことが起こったのだ。机の上に『岳』と書かれた小さな冊子が置かれていた。何気なく手にとると、冊子の中に塾生名簿があった。全部で十五人。そこに彼ら六人の名前もあった。ところがお茶を持ってきた秘書が慌ててそれを私から取り上げて、そのまま持っていってしまったのだ。あの慌てようは尋常ではなかったな」

坂本善次郎の両目がチラと光った。

「塾生……。吉さん、今、塾生と言ったね。岳は倶楽部じゃなかったのか」

「いや、たしかに塾生と書かれていた」

「塾長は？」

「塾長は……たしか塾長欄に例の垣根順之介の名前があったはずだ」

「垣根……。それで吉さん、どうしたのだ？」

「いや、それほど気にも止めず、矢吹に本題を切り出したんだが、なにしろ柔道部と修験道倶楽部の関係を知らねばならないと、そればかりが頭の中にあってね。それに修験道倶楽部の別名として塾と呼んでいたのかとも思ったのだ」

「で、柔道部との関係は？」

「いや、駄目だった。のらりくらりとかわされてね」

坂本善次郎は再び畳の上に腰をおろした。そしてあぐらをかきながら左手の人差し指で鼻の頭を押さえた。

「吉さん、もしかすると岳は、そもそも垣根が主宰した政治塾じゃなかったのか？」

「政治塾？」

「そうだ。その政治塾が大正十四年、彼らが高校を卒業すると同時に、修験道倶楽部に衣替えした。そうは考えられないか？」

坂本はそう言うと、窓のほうをちらと見下ろした。

通りから老女将の声が聞こえてきたのだ。

「衣替えの意図は？」

「政治の匂いを消すためじゃないかな」

坂本は窓ガラスを閉めると吉野のほうを振り返った。その途端、ドヤドヤと階段を上がる音がして、老女の声が響いた。

「東京の先生方、備前焼の先生をお連れしたで」

「お、石子詰めが来たようだな」

坂本が吉野に笑いかけたのと、障子が勢いよく開いたのが同時だった。

見ると、そこに作務衣姿の若い女が仁王立ちに立っていた。黒い滝のように艶やかな髪を後ろに束ねている。そして黒目がちな瞳は、まるで黒いダイヤをはめ込んでいるのではないかと思うほどキラキラと輝いていた。女は赤い顔に不敵な微笑を浮かべながら、こう言い放った。

「来たな、盗掘屋」

「盗掘屋？」

吉野が思わず背筋を伸ばした。

「じゃろうが。女将から聞いたで。シヴァ神を盗み出した連中が泊まっとるいうてな」

「違う。違う。我々はですな」

吉野が両手で制止しようとしたが、ズカズカと部屋のなかに入ってくると、備前焼の女流作家はドサリと腰を下ろし、こう叫んだ。

「女将！　酒、持ってこい」

女将が逃げ落ちるように階下へ消えていくのを確かめたあと、吉野は口を切った。

「私は吉野正次郎。こちらにいるのが坂本善次郎さん。幡上さんの件で岡山を訪れたんです。けっして怪しい者ではありません」

「職業は？」

「職業？　今、私は無職でして……」

吉野が正直にそう答えると、坂本もうなずいた。

「俺もそうだ。無職です」

「無職か……。それで金欲しさにねぇ……。いけんのう」

「いけん？」

「盗みはいけん。どうなら、アンタら、備前焼の窯出しでも手伝わんか？　金にはならんけど少しぐらいなら出せるで」

備前焼作家はそう言うと、自分は赤木華子だと名乗った。

「華やぐの華」

「華子さんか。備前焼に女流は珍しいですな」

焼物好きの吉野はそう言って、徳利を差し出した。

「あたりめぇじゃ。昔から、女の体は体温が変わりやすいから、作陶には向かん、言われようるんで、なんでそげーなことがあろうに言うて始めたんじゃが」

　赤木は相当酔っているらしく、きつい岡山弁でまくしたてたので、二人の耳には断片的にしか意味が伝わらなかったが、どうやら男社会の備前焼の世界に一石を投じたいという思いから、この世界に飛び込んだようだった。

「それで熊山に石子詰めの風習があったそうですね」

　吉野の言葉に赤木はうなずくと、徳利をその手から奪い取り、直接口の中に注ぎ入れた。ふうっと、ため息をつくと、赤木はアクビをしながら、

「熊山じゃねぇわ。吉永町の八坂寺のそば。八坂寺の近くに日吉神社があるわ。その近くまで行ってごらん。石子詰めの塔があるけぇ」

「熊山には？」

「あのなあ、修験者の出入りしよるところは、みな石子詰めの塔があると思うて間違いないんよ。修行の最中に行者集団の一人が病気になるとしよう。そしたら前もって決めといた修行ができんようになるが。じゃけぇ、その者には悪霊が憑いたいう風に皆から言われて、行者の仲間が石を投げつけてその人を殺すんよ」

　そう言うと赤木華子は声をひそめながら、

「普通は谷行《やぎょう》というてなあ、山の谷に穴を掘って、そこに病人を座らせて、仲間がな

んとまわりから石を投げつけて殺すんよ。残酷じゃなあ」

「なるほど。吉さん、石子詰めなら合法的に殺人を犯すことができるということだ」

「合法的……」吉野は一瞬だが、その言葉に反発を覚えた。どういう手段を用いようが合法的な殺人などがあるわけはない。

「いや、山の掟に従ってということだ」

「すると幡上は熊山で病気になったのでしょうかな」

吉野は赤木の赤い頬を見た。彼女は、ぷうとそこを膨らませながら、

「何をゴチャゴチャ言いよんなら。それでどうすん？　明日も盗掘に行くんかな。そりゃ手伝え言われりゃあ、こうして乗りかかった舟じゃけぇ、案内せんわけにもいかんじゃろうけど、まあ考え直したほうがええで」

そう言うと赤木華子が大声で「酒」を連呼し始めた。

階下から徳利をのせたお盆を持ってきた老女将は、きゅうりの浅漬けを机の上に置き、赤木にコップを手渡すと、そこになみなみと酒を注ぎ入れた。

それから狂乱の酒宴が始まった。

第二章　秦氏の秘宝

①

岡山県赤磐《あかいわ》郡熊山。

朝鮮では、聖なるものを意味する熊の一文字。キリスト教でも、熊は聖獣として崇められている。

そんな熊山は、不思議な伝説に満ちあふれた神霊の宿る山である。

その峰は北に大柏の峰、北東に帝釈《たいしゃく》の峰、東に尺八の峰など合計八つあり、地蔵大権現が鎮座する蓮台と同じ形状をしていると言われている。

山麓の周囲は二十八キロ。因幡《いなば》、伯耆《ほうき》、美作《みまさか》、備中、果ては淡路、播磨まで見渡せるほどで、その偉容は八国絶景山とも呼ばれてきた。その一方で仙人の山とも呼ばれ、仙道とも深い関わりがあったことがわかる。さらには仙道から派生した修験道の聖地として、古くからその名を天台密教の修行僧たちの脳裏に刻んできたのである。江戸時代の地誌『和気絹』は「熊山は魔所」と記しているが、それにしても聖地が魔所とはどういうことであろうか。

魔所とは、すなわち祟りなどのある場所のことだ。つまり、タブーの山なのである。そのタブーの象徴こそが、あたかも天空から舞い降りてきたかのようなピラミッドである。実は、熊山の頂上には三壇の石積み遺跡、俗に言うピラミッドがある。高さは約四・四メートル。幅は底部が十一・七三メートル、最頂部は約三・五メートル。正しくは階段状のジグラットと呼ばれるもので、上から見ると四角形、つまり方形である。『熊山町史』では、弥生時代は巨大な磐座《いわくら》であったといわれている。磐座とは神の座である。しかし奈良時代に鑿《のみ》によって壊され、それが積み上げられて、今日伝わる熊山遺跡が出来あがったのではないだろうか、という。そもそも、それを守ってきたのは物部氏であった。その後、物部氏の没落を受けて、秦氏がそれを人工的なピラミッドに作り変えたというのだ。もちろん日本国内で、このように明確な姿をもったピラミッドがあるのは、ここだけである。その熊山遺跡が何のために造られたのかについては、巷間《こうかん》さまざまな説がささやかれている。

「その一つは戒壇《かいだん》説です」

赤木華子は遺跡を指さしながら二人を振り返った。結局、酒宴は朝五時まで続いた。

午後の陽光の中で酒が抜けたせいか、色白のふっくらした笑顔はまるで別人のようであった。しかも抜けたのは酒だけではない。話す言葉から岡山弁が消え、標準語になっているのも妙だった。

「戒壇というのは、僧尼に戒律を授けるために築いた石の祭壇のことですね」

この戒壇説が唱えられたのは江戸時代の初めからである。

もともと戒壇は、誰でも造ってよいわけではなく、奈良時代には東大寺、九州筑紫の観世音寺、関東下野《しもつけ》の薬師寺の三ヶ寺だけが公認だった。

そこに鑑真が熊山戒壇を創建したのではないかと言うのである。赤木は続けた。

「それと仏塔説がありますね」

この熊山遺跡は石積みの特殊な仏塔だと言うのである。

「それに墳墓説です。偉い坊さんの墓じゃないかと言うんです。でも、そんな偉いお坊さんの話なんかここには伝わっていないので、どうもこれは違うんじゃないかと言われています。あとは経塚説。お経を後世に伝えようと、未来に向けた保存施設を造ったのじゃないかというんですね」

これは現代風に言えば、タイムカプセルといったところである。このほかにも赤木は修験道で使用する修行用の台座だったのではないかという説があることもつけ加えてみせた。

「どのみち確証はないわけか……」

坂本はそう言うと、熊山遺跡に近づいていった。吉野もあとを追う。

「しかし幡上は、ここを掘り返して、シヴァ神の像やら仏舎利の小壺を見つけたということからすれば、ここは秦氏の至聖所《しせいじょ》だったわけですね」

その言葉にうなずくと坂本善次郎は、袴の裾をからげたまま遺跡の石組みの上によじ登りはじめた。

「バチが当たりますよ！」

突然、吉野が吠えるように言ったが、坂本はそれを無視して頂上に立ち、周囲を見回し始めた。雑草の生い茂った、なだらかな平地の周囲を深い緑の木々が覆い尽くし、そこだけ幽気が満ち満ちているようだった。南の方角に道が開けており、その向こうに瀬戸内海が茫洋《ぼうよう》と蒼く広がっている。手前に桜の花が瀬戸内海に覆いをかけるようにピンク色の幕を下ろしていた。

「華ちゃん」

坂本善次郎はピラミッドの上から赤木に呼びかけた。

「例の鍛冶神様はどっちにある？」

すると赤木は、東の方向に建っている猿田彦神社のほうを指さした。

「あの奥です」

坂本は遺跡から降りると、猿田彦神社に向かって歩き出した。赤木もあとに続いた。

一方、一人残った吉野はメモ帳に遺跡のスケッチを描いている。合同捜査本部にいたときは何度も足を運んだことがあるが、それも現場の第二遺跡が中心で、こうしてじっくりとピラミッドを見上げるのは初めてだった。

「なるほど神秘なる遺跡か……」

吉野は呟くようにそう言うと、やがて鉛筆を耳にはさみながら小走りに二人のあとを追いかけた。

「待ちたまえ！　坂本君」

険しい山道の起伏に身をいくたびか任せて、獣道を歩いていくと鍛冶神様の祠《ほこら》が見えてきた。

木々の間から差し込む陽光の欠片が祠に影を作っている。吉野が腕時計を見ると、時刻は四時五十分を指していた。幡上の遺言によれば、五時に鍛冶神様に聞けというのである。よく見れば、祠の屋根が黒い影を地面に落としている。吉野はその影を指で指し示した。

「坂本さん、五時に聞けとは、あれだね、あのことだね」

「だろうな」

坂本はそう言うと、スコップで黒い影の頂上のあたりを掘り返し始めた。

五時にはなっていなかったが、十分ほどの違いで影の位置が変わることは、そうあるまい。それから十分ばかり掘り返してみたが、出てくるのはミミズや小動物の骨、それに湿気を含んだ赤い土ばかりだった。

モンペ姿の赤木は、やがてアクビをかみ殺しながら笑った。

「出ないわね」

二人が掘った穴の深さは五十センチばかりだったが、いっこうに何かが出てくる気配はなかった。それよりも、何か異物を埋めたような痕跡さえ見当たらないのである。

ふと坂本が空を見上げると、沈みかけた太陽を追いかけるかのように東の空に満月が浮かんでいる。その瞬間、坂本は手にしているスコップを地面にほうり投げた。

「やられた。吉さん、五時は午後じゃなく、午前だ」

「午前？」

「そうだ。おそらく月光にありかを聞けというんだ」

「月光……」

吉野がヘタヘタと腰をおろすのを見て、赤木は笑いながら水筒を取り出し、一口飲み込んだ。そして口元を拭うとこう言った。

「野宿かな？　それとも二往復するのかな？」

坂本は吉野と思わず顔を見合わせた。ここまで登るのに二時間以上かかっている。帰りに二時間、そしてまた二時間かけて登ってこなければならない。

「野宿するか？　吉さん」

「しかし飯も持たずに来ちまったからね」

吉野は不安そうな表情で坂本を見た。

「婆さんに頼んどきゃあよかったな」

すると赤木は水筒を坂本に差し出しながら言った。

「そうですか、そうですか。御両所、安心しな。飯ならなんとかなるよ。七時になりゃ援軍が来る」

「援軍？」と吉野。

「そう。弟を呼んであるから心配すな。差し入れじゃ」

坂本は、赤木から受け取った水筒を傾けていたが、やがて苦い顔をして吐き捨てるように言った。

「こりゃ酒だ」

吉野は苦笑しながら、その水筒を坂本から受け取ると口に運び入れた。

「岡山の酒は、どねぇなんで？」

頬を紅潮させた赤木が、例の岡山弁で話し始めたのをきっかけに、再び狂乱の酒宴が始まった。

②

『重要会議につき許可なく入室を禁ず』

扉の張り紙がただならぬ気配を醸し出していた。

昭和六年三月十四日。

橋本欣五郎は参謀本部の二階にある情報担当部長・建川美次少将の待つ第二部長室に入っていった。

建川が招集したのは、陸軍省から、杉山次官、小磯軍務局長、軍務課員鈴木貞一中佐。

参謀本部から、二宮治重《はるしげ》次長、重藤支那課長、今村均《ひとし》大佐、根本支那班長、橋本ロシア班長、そして多度津慎吉の九名であった。

橋本が、東京攪乱《かくらん》と宇垣政権樹立の構想を説明すると、小磯軍務局長が口を切った。

「わかった。問題は軍が決起したとき国民が支持するかどうかだ。今でさえ軍を税金泥棒呼ばわりする国民が、軍の決起を支持するとは思えん。橋本の言うとることは中学生の革命論ではないのか」

……中学生の革命論じゃと?

橋本は猛然と反論した。

「なるほど、中学生の革命論です。だが革命は中学生の情熱と心意気がないとやれませんぞ。明治維新が成功したとき、最年長の西郷隆盛は四十歳、ほかは三十代、二十代です。その彼らが運動を始めたのは十代の中学生なみのときですぞ」

そう言うと、橋本は一転して国内情勢を説明し始めた。

「たしかに軍に対する国民の支持は今のところありません。だがそういう事態を招いたのは将軍方と違いますか。今日、国民困窮し財閥横暴のとき、軍人はタダ飯を食って何も仕出かさんから、国民の支持がありません。だから、ここで決起し、国民の困窮を救うならば、国民は目を開けて支持しますたい。何も仕出かさんで、ただ国民の支持を待っても国民は軍を支持しませんぞ」

橋本は小磯を面罵《めんば》した。座の空気が引いたのを見た建川は、

「そろそろ昼飯時だ。ここで休憩して、午後は一時からまた練り直そうではないか」

と提案し、散会することになった。そして建川は昼食時に、「まず蜂起ありきだ」と小磯、杉山、二宮の三人を必死で説得した。午後、会議を再開すると小磯はニコニコ笑いながら、こう言った。

「私もよくよく考えてみた。たしかに橋本の提案には一理ある。問題は東京攪乱だが、自信はあるか」

というのも、あくまで軍は民間の騒乱を鎮圧するという名目がなければ、出動する大義が失われるのである。それに対して、橋本は大きくうなずいた。

「ありますとも。まず大川周明博士の行地社一派、亀井貫一郎、赤松克麿の無産大衆党、いずれも小官と交渉がありますが、この左右連合して騒動を起こせば成功疑いありません。それに大川博士の肝煎りで昭和海援隊と昭和陸援隊という二つの組織がすでに二年以上前から動き出しています。昭和海援隊は投資集団を名乗っていますが、ここで生み出した利益を昭和陸援隊に投下しており、彼らは殺傷技術の修得に日夜励んできました。ヘタな軍人よりも腕が立つかもしれません。そして、この昭和陸援隊が東京で攪乱の中心部隊となる予定です。それに今はまだ名前を明かせませんが、さる人物が革命の盟主に名乗りをあげてくれそうなのです。彼を担げば政財界をはじめ国民も納得するでしょう。いや、国民ばかりか日本史が、その名を偉業としてとどめることでしょう。その後、宇垣総理と、その人物が総裁を務める国民生活党のような政党が政府の両輪になっていくはずです」

「なるほど。大川先生は俺と同郷の山形で親しい。そうした民間人が連合すればいけるな」

と、小磯は色気を見せた。軍務課員鈴木貞一も賛同した。

杉山も多度津も黙然としているが、異議はない。二宮は宇垣陸相や橋本と同郷の岡山出身である。宇垣が首相になるなら大賛成である。重藤は橋本支持で、根本も異論はないようだった。大勢を見た建川は、議論をまとめ上げた。

「では、決行に同意する。実行計画は橋本に一任しよう。橋本、早急に案を立ててくれ。今日はこれで散会する」

橋本はその足で陸軍省に行き、調査班の田中清を呼び出した。

「いよいよ将軍どもが決起する。俺がホラを吹いてもあかん、おまえの知恵で今夜中に計画をたてろ」

田中は呆れた。

「それは、クーデターではありませんか」

「そうじゃ」

「そんなことをして、一番損をするのは誰ですか？　将軍方と違いますか」

「そんなことはどうでもええ。せっかく爺どもがやりたがるのを止める手はない」

「しかし、露顕したとき、皆さんは恩給もあって食えますが、自分はまだ大尉で恩給もなく飯が食えません」

「そんなことは任しとけ、心配いらん。いいから今夜中に計画を作れ」

そういうと、橋本は調査班を去った。別に当てがあるわけではなかったが、ああ言わねば田中が離反しかねないからそう言ったまでのことだった。理想が現実になろうかというときに、現実を背負ったまま理想を見失うことほど愚かしいことはない。

橋本は自分自身を叱咤するかのように静かに独りごちた。

「見えてきたぞ。革命の炎がありありと！」

……その火を消す者は、わしがこの世から真っ先に消してやるわい！

橋本の決意は鉄のように固かった。

③

「姉ちゃーん。姉ちゃーん」

子どもの声が山中に響いている。

すっかり酔っぱらった赤木華子は立ち上がった。そしてモンペの土を払いながら、二、三歩山道のほうへ歩くと、そこで両手を筒にした。

「秀太ぁ！　鍛冶神さんじゃぁ。ここにおるけぇ、早うこけぇけぇ！」

「鶏でも追っているのかね、あの人は」

坂本善次郎が吉野を見た。

「ここに来なさいと言ってるんですよ」

吉野は岡山県警の合同捜査本部に顔を出したときに、古参の刑事の一人が若い刑事に向かって、同じ調子で「こけぇけぇ！」と怒鳴っているのを聞いたことがあるのだ、と言って笑った。しばらくすると草を踏み、枝を分けながら進む足音が聞こえてきた。

「無事かあ、姉ちゃん！　やい、盗賊、出て来やがれ！」

月明かりの中で闇に向かって手を振る赤木華子の前に背の低い少年が飛び出してきた。手に提灯を持ち、木刀を肩に担いでいる。そして肩から背中にかけて風呂敷包みを背負っていた。

「姉ちゃん、無事だったか！」

弟の名前は秀太だった。秀太は木刀を振り回しながら近づいてくると、姉の華子の顔を提灯で照らしながら、

「姉ちゃん、盗賊は？」と駆け寄った。

「おう、飯は持ってきたか？」

華子はそう言うと、秀太の手から木刀を奪い取り、それで坂本善次郎の頭を軽く叩いてみせた。

「秀、心配はいらんで。こいつらは、盗賊とは違うらしい」

「盗賊じゃねぇんなら、一体なんなら」

「警察じゃ」

「警察？　警察が泥棒に来たんか？」

「いやいや、秀太君、そうじゃないんだ」

吉野は秀太の照らし出す提灯の明かりの中で手を振ると、それまでのいきさつを語って聞かせた。

「こっちのお人も警察なんか？」

「おじさんは骨董屋だ」

草むらの上にあぐらをかいた坂本善次郎はそう言うと、差し入れられた、おむすびにかぶりついた。

「まあ、どっちにしてもロクな者じゃねぇんじゃ。こいつらは」

赤木華子は木刀の素振りを繰り返している。見たところ素人剣法ではなさそうだ。

吉野は、おむすびを口から離しながら問うた。

「剣道でもやっておられるようですな。私も剣道は四段までやりました」

「剣道？　違うね」

答えたのは秀太だった。

「姉ちゃんは竹内流古武道じゃ」

「古武道？」

竹内流は岡山県を発祥とする古流武術で、柔術、棒術、剣術など、その技法は多岐にわたっている。

「姉ちゃんは来年、免許皆伝になるんじゃ」と秀太は自慢してみせたが、華子は素振りの手を止めた。

「秀太。あれほど姉ちゃんは免状が欲しうてやりよるんじゃねぇ言うたろうが」

「でも、中山先生は、そうなる言うたで」

月光の中で素振りをしながら華子は口を開いた。

「十五歳のときじゃ。西大寺《さいだいじ》の裸祭りを見にいこう言うて、友だちと二人で夜中に出かけたんじゃ。裸祭りいうのは、あんたら知らんじゃろう。裸の男たちが宝木を取り合いする奇祭のことじゃ。その帰り道で男三人に取り囲まれてなぁ。私は逃げ出したんじゃけど、友だちのほうは捕まって乱暴されてしもうた。服もなんも脱がされて、よれよれにされて……。私は声も、ようかけられんぐらい、そりゃあひどい仕打ちをされてなぁ」

赤木華子は素振りの手を止めて、吉野と坂本善次郎を見た。

「その三日後に友だちは首を吊って死んでしもうたんよ。私も責任感じてなぁ、食事も喉を通らなんだ。生まれて初めて酒を飲んだけど、友だちも帰るわけじゃなし。私も死のうかとも思うたけど、その勇気もねぇ。そんなときに竹内流古武道の道場を紹介されてなぁ。強うなりたい一心で通い始めたんじゃ。あのとき私が強けりゃ、男の三人や四人、投げ飛ばしてやっつけられたのに。そう思うて一生懸命稽古したんじゃ。そうすることで罪滅ぼしになりゃあええ思うてなぁ。今ならあいつら半殺しじゃ。ああ時間が、壊れたロクロのように逆に回ってくれたらなぁ」

「そうですか。それはお気の毒でした……」

吉野は頭を垂れた。一方、坂本は沈黙したまま月を見上げていたが、やがて口を切った。

「吉さん、せっかく備前焼の里へ来たんだ。赤木華子殿に一手ご教授いただいたらどうかね」

「私が吉さんを？　厳しいよ、私の指導は」

「厳しいのは構いませんが、大丈夫ですかね。私のような素人がお邪魔して」

「誰でも最初は素人じゃけぇ。心配せんでええわ。それより坂本さん、あんたは？」

「俺は作るんじゃなく売るほうだから」

「よっしゃ。なら私の作品を東京で売ってきんしゃい！」

一本取られたと頭を掻いている坂本の隣で、秀太はおむすびにくらいついていた。奇妙な時間が流れていった。遠くで梟《ふくろう》の鳴き声がする。死者となった太陽が復活するのを待つかのように月が位置を変え、西の空に傾き始めたころ、吉野はスコップを手に立ち上がった。

時刻は午前三時五十分。

「坂本さん、おそらく五時といえば、祠の影の先端は、このあたりを指すに違いない。今から少しずつ掘り返しておこうじゃないか」

吉野が祠の影から、東側に一メートルほどいった闇のあたりをスコップで指し示すと、坂本も立ち上がり土を掘り返しはじめた。

「僕も手伝おうか」

眠っていたはずの秀太は木の枝を折り、即席の棒を作るとそれで土をほじくり返し始めた。華子は疲れたのか、木刀を抱いたまま眠りこけている。

やがて一時間ばかりが過ぎ、吉野の時計はまもなく五時を告げようとしていた。月光に照らされた鍛冶神の祠の影は、三人が掘った穴の中央のあたりに影を作り出している。

「この位置で間違いない」

吉野がスコップの動きを加速させたときだった。コツンと何かに触れるような硬い手ごたえがあった。

「何かある」

吉野の声を合図に三人は急いで掘り返した。やがて土の中から先端が尖った塔のようなものが出てきたではないか。坂本は先端を撫で回しながら叫ぶようにいった。

「塔だ。宝輪塔だ！」

その塔は地中深く、その身を沈めており、深さは一メートルをゆうに超えていた。

「あった。ここが底だ」

坂本は片手でスコップを押し込んでいたが、やがてテコの原理で塔が揺れ始めた。

「もう少しだ」

「秀太君、駄目だよ、蹴っちゃあ。ご覧、これはいくつかの筒を重ねてある。組み立て式の塔になっている」

吉野の言うとおり、その塔は底部、第一の筒、第二の筒、第三の筒、そして蓋の五つのブロックからなる須恵器であった。その高さを吉野が警察手帳を目印に測ってみると、百六十一センチにも上る大きさであった。底部の直径は三十センチほどで、蓋の部分には頂点から放射状に縦のラインが鮮やかに浮き出しており、横に入ったラインとともに、その交差した場所には十字の模様がくっきりと浮き出ている。

「なんじゃろうか」

いつの間に赤木は起き出していたのか、興味深そうに提灯の光を当てて不思議な塔に視線を這わせていた。

「掘り出してみましょうか」

吉野の言葉にうなずいた坂本と秀太は、穴の中に入ると、その底部を持ち上げた。

「重いね。秀太、大丈夫か、そっち」

塔を地中からひっぱり出した三人は、ようやくの思いで土の上に置くことができた。

「これが熊山遺跡の中にあったんだね、坂本さん」

吉野は汗を拭いながら坂本を見た。

「バラしてみるかい？」

華子が照らす提灯の明かりの中で、坂本は秀太を目で促すと、まず蓋を外し、三の筒、二の筒という具合に次々と円筒を外していった。

すると底部に一枚の紙が置かれていた。坂本が紙を拾い上げ、提灯の明かりに映してみると、筆で次のような文字が書かれていた。

『小壺はこの中に有り、而してこの頂には我らが具象あり。故に我らＴＩＰＸＢＪＴＩＪＯの象徴とせん。これを見つけし者に告ぐ。熊山遺跡猿田彦神社の中に秘宝あり。新政府綱領八策はカエサルの法則にて解けり』

「ＴＩＰＸＢＪＴＩＪＯ……。新政府綱領八策はカエサルの法則にて解けり……。暗号ですね。どういう意味だろうか」

吉野は坂本を見た。

④

品川御殿山の、とある邸宅に軍人たちは続々と参集していく。

昭和六年三月十五日早朝五時。秘密会合であった。参加者は邸宅の主人・重藤千秋をはじめ支那班長根本博、ロシア班長橋本欣五郎、調査班長坂田義朗、調査班員田中清、多度津慎吉の六名であった。田中は席上、強張った顔で橋本に頼まれて認めた一枚の青色方眼紙を重藤に提出した。クーデター計画書であった。そこには次のようなメモが記されていた。

一、労働法案が議会に上程される日にクーデターを決行する。予定日三月二十二日。
二、大川周明一派、昭和海援隊、昭和陸援隊、無産大衆党一派を動員し、市中および議会周辺を混乱させる。
三、軍隊（第三連隊）を出動させ、議会保護の名目で議会を占領し、外部との通信交通の一切を遮断する。
四、二宮中将と建川少将は武装将兵を率いて議場に侵入し、全閣僚を辞任させる。
五、ただちに人を重臣西園寺《さいおんじ》公望《きんもち》のもとに派遣し、大命を宇垣陸相に降下するよう要請し、宇垣内閣を成立させる。
以上

実に簡潔な筋書きであった。ただし五番目の項目だけは特別な意味合いが企図されていた。というのも、天皇主権のこの日本では、内閣総理大臣の任免権は天皇にある。だが天皇が総理大臣を任命するときには、元老の西園寺公望に諮問し、その答申によって総理を決定した。そのため実質的な総理の任命権は西園寺が握っていたに等しい。そこで最終段階では、その西園寺を籠絡《ろうらく》しなければならない。

田中が計画を説明し終わると、参加者は同時にうなずいた。

「いよいよか……」

参加者の中核・橋本欣五郎が大きなため息をついた。あとは大川と昭和海援隊、昭和陸援隊の民間人に任せなければならない。彼らの行動の成否によって軍部の動きが決まるといっても過言ではないのだ。

「こたびの決起、昭和維新と名づけたいのですが、異議はござらんか?」

橋本は参加者を見渡した。

「明治維新なみの革命という意味なら、それで結構だ」

根本がうなずいた。

「賛成」坂田と田中が挙手をしてみせた。

「よろしい。では今日から昭和維新を合言葉に動くことにしましょう。あとは民間人に任せることですな」

橋本は呟くように言うと、熱い茶を口元に運ぼうとした。見ると茶柱が立っている。

「吉兆じゃ」

茶を飲み干すと橋本は田中に向かって手を伸ばした。

「よかろう。その方眼紙を俺にくれ」

昭和維新の筋立てを書いた計画書。それを受け取ると橋本は黒皮の鞄に仕舞い込みながら胸の奥で強く自分に言い聞かせた。

……すべては、この一枚の紙切れから始まるのだ。

⑤

……すべてはこの一枚の紙切れから始まるのではないか……。

坂本は沈思黙考している。

暗号には真実を覆い隠すための暗号と、真実を暴露するための暗号の二種類がある。今、目の前にしている、この暗号は、後者ではないか。自らが招いた潮流の中に呑み込まれてしまった幡上は、その潮流の行方をここに告発したのではないか。

紙片を見つめていた坂本は、暗号解読に取りかかることにした。

「吉さん、暗号文の中にTが二回、Iが二回、Jが二回出てくる。これらは同じ言葉をあらわしていると見てさしつかえないね」

　そう言うと坂本は吉野の手帳に記された暗号を指さした。

『TIPXBJTIJOの象徴とせん』

　そしてこう続けた。

「平文はローマ字か、ひらがな、あるいはカタカナに対応しているはずだから、一文字ずつ何に対応したものか、あたりをつける必要があるなぁ。吉さん、最初のTIと、次のTI。これは同じ言葉をあらわしてる。そうだね」

「ええ」吉野はメモを取りながらうなずいた。そして二ヶ所あるTIの部分を枠で囲んでいった。
[TI]PXBJ[TI]JO
「すると最初のTIと、次のTIを違う言葉にしているのはTIP、TIJというPとJという文字だ。この二つの文字によってTIは違う意味になる。とすると、ローマ字でたとえば、IMと綴ったあとにAと置けば、IMA、イマだが、Oと置けばイモになるようなものだ」

「つまりローマ字に対応しているということですか？」

　しばらく暗号文を見つめていた坂本が、再び口を切った。

「まず当たりをつけねばならん。平文《ひらぶん》がローマ字であると仮定しよう。吉さん、カエサル暗号というのを知っているかい？」

「カエサル暗号？　新政府綱領八策はカエサルの法則にて解けり、のあれですか」

「ああ暗号の基礎中の基礎だ。シーザー暗号とも言う。まずはカエサル暗号で解いてみよう」

このカエサル暗号は、シーザー暗号とも呼ばれており、二世紀に書かれた『ローマ皇帝伝』に詳しく紹介されている。それはアルファベットの各文字を、それよりも三つ後にあるアルファベットで置き換えるという比較的単純なものであった。だが、カエサルはこの暗号システムを駆使して、敵に包囲され、四面楚歌に陥った副将キケロに「すぐに応援に行く。もう少しだけがんばれ云々」という内容の激励文を送り、士気を鼓舞している。

坂本善次郎は、吉野から警察手帳を受け取ると、そこに鉛筆を走らせた。

ABCDEFGHIJKLMNOPQRSTUVWXYZ

「これを一文字、あるいは二文字ずらしていくんだ。するとアルファベットは暗号型アルファベットに変わる。まずは一文字ずつずらしてみようか」

暗号BCDEFGHIJKLMNOPQRSTUVWXYZA

⇔⇔⇔⇔⇔⇔⇔⇔⇔⇔⇔⇔⇔⇔⇔⇔⇔⇔⇔⇔⇔⇔⇔⇔⇔⇔
平文ＡＢＣＤＥＦＧＨＩＪＫＬＭＮＯＰＱＲＳＴＵＶＷＸＹＺ

「平文のＡは暗号ではＢに変わる。これを換字暗号というんだ。これでいけば、平文ＢはＣに変わり、平文Ｃは暗号文で言うとＤになる。あとは暗号文の中にこれを順次当てはめていくんだ」

「待ってくださいよ。するとＴＩＰＸＢＪＴＩＪＯは……」

吉野は一文字ずつ見比べながら暗号文のローマ字を平文に落とし込んでいった。

「暗号文Ｔは平文ではＳ、Ｉは平文ではＨ。ＰはＯ、ＸはＷ、ＢはＡ、ＪはＩ、その次ＴはＳか……」

吉野は鉛筆を手帳の上に走らせ続けた。

そして出来あがったのは次のような文言であった。

『ＳＨＯＷＡＩＳＨＩＮ』

吉野は口中で繰り返し始めた。

「しょうわいしん……しょうわいしん……昭和維新だ！」

吉野は坂本の瞳を凝視した。坂本は大きくうなずいた。

「吉さん、わかったぞ。暗号は昭和維新の象徴とせん、だ」

坂本が答えた、そのときだった。

「てぃやぁ！」

突然、奇声を発しながら赤木が、吉野の脳天めがけて木刀を振り下ろしてきたのである。

「危ない！」

坂本が一瞬早く吉野に体当たりをくらわせ、バランスを失った二人が転がったところに二撃目が来た。

「何をする！」

坂本が赤木を一喝したが、赤木の目は異様な光を湛《たた》えており、尋常ではなかった。

「動くな！」

赤木は反転すると、手にしていた木刀で闇をなぎ払った。見れば、吉野の太ももからわずか一センチ隣の土に短剣が突き刺さっている。月光の中で凝視すると、ほかにも二本の短剣が転がっているのが見えた。赤木華子は木刀で、それらを次々に撃ち落していたのだ。坂本は闇の中を見回したが、人影はない。

「誰じゃあ？」

赤木華子が大声で呼ばわったとき、前方でガサガサと木々が揺れる音がした。

「秀太」

おう、と返事をすると、秀太は転がっていた石を手に取った。そして次々に音のするほうに投げ込み始めた。やがて人の気配は消え失せた。

「ちっ！　逃げたか」

赤木華子は木刀を下ろすと、周囲を睥睨《へいげい》したあとこう言った。

「どうする？　本物の盗賊が来たんじゃあ、お手上げじゃ」

「この塔は元の位置に戻して、次の猿田彦神社に行こう。ここまで来たんだ。ムザムザ逃げ出すわけにいかんだろう」

「ちょっと待ってくれ」

吉野は、そう言うと宝輪塔の様子を警察手帳に描き始めた。

それが終わるのを待って坂本は再び不思議な塔を組み立てていく。吉野と秀太も急いでそれに加わると、もう一度土の中に埋め直した。

やがて四人は鍛冶神様の前を早々に離れ、獣道を歩き出した。

⑥

朝霧の向こうで熊山遺跡のピラミッドは古代の異空間の中に、じっと佇《たたず》んでいるように見えた。

古代人の情熱と信仰、そして神に対する畏れを凝縮し、永遠に碇をおろした時の箱舟は、来る者を寄せつけないどころか、現代人の吐息の断片の介入さえ許さぬほどだった。それほど重々しい白光の壁で四方を覆い尽くしているのである。猿田彦神社は、あたかもその箱舟の舳《へ》先《さき》にあって山全体を先導する位置に座していた。見方によっては山頂全体が東を目指して海原を漕ぎゆく巨大な帆船を模しているようでもあった。

　柔らかな朝日を浴びながら四人は、猿田彦神社の社の前に立ち、二礼二拍手一礼をすると、まず坂本が小さな神殿に手を伸ばして、その扉に両手をかけた。そして静かに観音開きになった扉を開いてゆく。やがて社殿の奥に一体の彫刻の姿が浮き上がった。

「なんじゃ、ありゃあ？」

　秀太が指をさしたそこには、髯《ひげ》を胸まで垂らした老人の銅像が立っていたのである。吉野が警察手帳を並べてみると、その高さは二十センチほどであった。

「これは劉《りゅう》備《び》玄《げん》徳《とく》の像だな」

　坂本善次郎は、さすがに骨董屋を自称するだけあって、その像を一目でそれと見抜いたようだった。

「劉備玄徳？」

　吉野がおうむ返しに問うた。すると坂本は、その像を手に取りながら、

「おそらく劉備は皇帝でありながら得度《とくど》した僧侶でもあったのだろうな。ときどき、こんな像が我々の世界でも出回るんだ。おそらく秦氏は信仰の中に、この劉備玄徳も混えていたのだろう。おそらく儒教や道教の象徴だろう」

「まさに多神教だ……」

吉野が唸るように言うのと、赤木が「あっ」と小さな声をあげたのが同時だった。

「見て！　巻物よ」

赤木が指さしたその先に、二十センチほどの高さをした青い巻紙が横たえられている。

坂本はそれを手にとると、深い緑色をした紐を外し、さっと中空に展げてみた。するとそこには墨文字が躍っていた。

『劉備玄徳の像。我れ男根の筒の中に発見セシ物ナリ。父親の元に戻すべし。我、秦氏の精神に立ち返り、〇〇〇自ラ盟主ト為スことをここに決断ス。残る一体の秘宝は東山の坂本龍馬の墓の上を舞う青い鳥に聞け！　昭和六年三月二十二日十五時決行幡上竜』

明らかに幡上竜作の書いたものだった。

「父親のもとに戻すべし……とは、幡上の親父さんのことだろうか」

吉野は腕組みをして坂本を見た。

「だろうね。そして一週間後の二十二日午後三時に何かをやろうとしていたのだ」

「そして、その何かをやるために幡上は秦氏の謎を追っていた……。そういうことですか？」

吉野は坂本の背中に問いかけた。すると坂本は巻物を赤木に手渡しながら、

「思想ではないかな？」

「思想？」と吉野。

「さっきも言ったように、彼が何かをやり遂げるためには、思想が必要だった。それを秦氏の万物同根の思想に求めた。だから書いてあっただろう。『我、秦氏の精神に立ち返り、〇〇〇自ラ盟主ト為スことをここに決断ス』と。〇〇〇自ラ盟主ト為スとは、どこかで聞いた言葉だね」

「龍馬だ。龍馬の暗号ですよ」

吉野は赤木から巻物を奪うと、そこに透徹した視線を投げた。たしかに墨痕鮮やかに、その文字が記されていた。

「でも、この〇〇〇って誰じゃろうな」

赤木華子は酔いが醒めてきたのか、次第に口調も女性らしいそれに戻りつつあった。

「わしでもねぇし、ぼくでもねぇ。おめえかなぁ」

秀太も爪先立ちになりながら巻物をのぞき込んでいる。

そのときだった。赤木の手にしてた巻物にドッと音がして黒い物体がぶつかってきたのである。慌てて取り落としそうになった巻物には短剣が突き刺さっていた。

「危ない！」

坂本が赤木の背中に飛び込むと、その後ろを短剣が凄まじい速さで通り抜けてゆき、カッと音をさせて猿田彦神社の社殿の格子に突き刺さって小刻みに揺れた。

「来やがったな！」

秀太が躍り出しながら、もろ肌を脱いで仁王立ちになったが、人の気配はない。

「誰だあ？」

ふと登山道のあたりで木々が揺れた。秀太は走り出したが、坂本に襟首をつかまれて猫のように両足をバタつかせている。

「待て、秀太。あれは警告だ。これ以上、幡上に関わるな、という警告だ」

「そうよ。秀太。襲うんなら、とっくにもう来てるはずよ。深追いしちゃ駄目」

赤木はそう言うと、大きくうなずいた。どうやら酒は抜け落ちたらしい。

「どっちにしても東山というからには、京都に行かなくてはならんな。吉さん、どうする？」

「そうだね。急がなけりゃならんのだが、それにしてもこのまま岡山を立ち去るというのもなんだね」

吉野は曖昧にそう言うと、赤木華子のほうをチラと見やった。実は鍛冶神様の前で冗談まじりに備前焼のろくろを回して帰ろうかなどと赤木と話していたのである。

「そういうことか。わかった。俺は幡上の遺族のところに行ってみる。吉さんは合同捜査本部にいたんだ。面が割れているかもしれん。それにあまり大の男がゾロゾロ押しかけるより単身乗り込んでいったほうが、むこうも警戒せずにすむ。それともう一つ。吉さんはこの人たちの警備担当だ。間違いなく連中は、襲ってくる。気を抜かないことだ」

坂本善次郎は猿田彦神社の扉を両手で閉め、一礼すると、今度は劉備玄徳の像を抱えて熊山を下山しはじめた。

わらしべ長者は、こうして劉備玄徳の像にたどりついた。

⑦

坂本善次郎は岡山駅に到着すると、伯備《はくび》線に乗り換え、車中の人となった。

劉備玄徳の像は一度旅館に持ち帰り、手ごろな大きさの木箱を借りて、そこに藁《わら》を敷きつめ封印を施すと風呂敷で包み、背中に背負うようにして幡上の実家のある新見へと旅立ったのだ。途中、何度も後ろを振り返り、怪しい人間が尾行していないかどうかを確かめてみたが、それらしい人の気配はまったく感じられなかった。どうやら白昼顔を見られることを恐れた怪しい人物が尾行を中断し、いずれまた機会を改めて襲おうと手ぐすねを引きながら、そのときを待つ作戦に出たようである。

劉備の像を隣の座席に置いて、しばらく車窓を眺めていると、目の前の老婆が突然、鼻歌を唄い始めた。

〽わらしべ長者が手に入れた　黒い髪の労働者
わらしべ長者が手に入れた　赤い屋根と銅の山
わらしべ長者が手に入れた　誰も知らない骨の山
わらしべ長者が手に入れた　死体の山と銅の山

どうやら近頃、流行している童謡の替え歌のようだった。それにしても何と不気味な唄だろう。坂本が眉をしかめながら前方の老婆を見ると、彼女は屈託のない笑顔でミカンを差し出してきた。そして岡山弁で「食べられい」と言った。

えらく上から命令するような口調だが、岡山弁ではお食べなさいという意味で、とりたてて命令するニュアンスではない。果物が苦手な坂本は片手を振って、「結構です」と素っ気なく断ったが、それでも老婆は微笑を浮かべて「食べられい」と重ねてくる。坂本が渋々ミカンを受け取りながら、「なら食べてやらあ」と答えてみせると、老婆は「そうせられい」と、また大仰に答える。

「殿さんか」

坂本はボソリと呟いた。老婆にはそれが聞こえたらしい。

「殿さんじゃあ、ありゃあせん。田舎の婆さんじゃ。本物の殿さんに会いたけりゃあ新見に行かれい。そこにおるわ。幡上の殿さんが」

「幡上の殿さん？」

坂本はミカンの皮を剝《む》く手を止めて、老婆の皺《しわ》だらけの口元を見つめた。

「あんた知らんのかな。幡上の殿さん言やあ、ベンガラで儲けた大分限者じゃが」

「べんがら？」

「銅を精錬したら出てくる塗料じゃが」

「ああ、ベンガラかい」

「そうじゃ。幡上の殿さんは江戸時代に銅山を見つけてなあ、幕府に召し上げられっしもうたんじゃけど、実は内々に、もう一つ銅山を持っとったんじゃが。こっちのほうは明治になるまで政府の人間にも知られてなかった言うんじゃが。それで銅の密輸で、まあなんと大儲けしたらしいで」

坂本はミカンを口の中に入れ、その酸味に顔を思わずしかめながら、

「密輪とはおだやかじゃないね。捕まらなかったのか？」

「物事にはウラと表があるが。あんた、ウラでは明治政府の偉いさんに賄賂《わいろ》を贈って、ちゃんと執り成してもろうとったらしいで。大きな声では言えんけど」

そう言うと、老婆は自分の口を片手で押さえて車内を見回した。幸い客は離れた場所に女学生が二人、実業家風の男が三人、それぞれ一人で腰を下ろして流れてゆく車窓をじっと眺めている。

「そうか、幡上さんというのは相当のお大尽なんだね。お母さん、ついてはおうかがいしたいが、そこに幡上竜作という人がいたかね」

「おった……かな。そうじゃ、おった、おった。一人息子が六高に行っとったらしい。でも二年か三年前に自殺したとかで噂になっとったなあ。あれ、熊山で死んどったんじゃろ」

「そうらしいね」

坂本はうなずいた。

「あんた近所のもんは、銅山で生き埋めにされたもんの祟りじゃ言うて、えらい噂になったんで。知らんかな？」

「祟り……？」

「そうじゃ。明治政府のお偉いさんが、内緒で銅山を掘りよる言うんで、内偵いうんかな？　こっそり見に来たらしいんじゃが。たしか明治三十年の四月の十日じゃったと思う。そんときになあ、なんと見つかったら、えれぇ目に遭ういうんで、幡上の殿さんが命じて、入り口を塞いでしもうたらしいが」

「すると作業員は？」

老婆は凄惨な状況をまるで、その場にいたかのような調子で語り始めた。

それによると五十人いた作業員は一人の青年を残して全員死亡したという。その青年も救出された翌日に死亡した。しかも閉じ込められた鉱山の中で最初に命を落としたのは開発現場の最高責任者であった。その人物は鉱夫たちに詰め寄られ、殴り殺された。そしてスコップで首や手足をねじ切られ、鉱道の中にできたボタ山の中に投げ込まれたという。そのうちに食糧が切れ、次々と鉱夫が倒れ伏していくなかで、誰かが最高責任者の首をボタ山から掘り出し、その腐った肉に喰らいついたのだ。それを皮切りに人が人を喰らう凄絶な地獄模様が繰り広げられ、ようやく一ヶ月後に幡上鉱業の関係者が入山してきたときには、すでに四十九人の鉱夫たちは全員白骨に肉片をぶら下げた骸骨の山を築き上げていたというのである。

「幡上の殿さんは、それでも役人が帰ったら、何事もなかったかのように銅を掘り始めた言うで」

そんな事件があれば、家族をはじめとして相当な人間が会社に殺到しただろうが、幡上家は事故だということで押し切ったらしい。事実を知っている者も多かったが、皆、幡上家の権力の前に口を塞ぎ、目を覆ったということだった。

「そうか。それで祟りか……」

坂本は車窓の流れる田園風景に視線を転じた。三代目の幡上竜作が何者かによって熊山遺跡の一つに首を晒されたのは、あるいは明治に起きた生き埋め事件の遺族の誰かが復讐に出たからか……。両者の事件には、何かつながりがあるのだろうか。

それから一時間ばかり汽車に揺られていると、新見の駅についた。老婆は、さらに北上して奥津温泉に行くらしい。坂本はそこで礼を言い、劉備玄徳の像を背負うと、列車を降りた。停車場に人影はなく、春の香りを乗せた生ぬるい風が線路の上を吹き抜けていくばかりだった。

坂本はそこから路線バスに乗り、幡上家のある新見王子町を目指した。王子町まではバスで十五分ほどであった。すでに山並みが、ゆるやかな丘陵を描いており、その中腹あたりに荘厳な屋敷が石垣伝いに軒を延ばしている。

「あれか」

坂本は片手で庇《ひさし》を作り、要塞のような屋敷を見上げていたが、感心ばかりもしておれず、門に続く坂道を上り始めた。

玄関には楼門《ろうもん》と呼ばれる大門が両手を広げて待っていた。完全に閉め切られており、人を寄せつけない物々しさがある。二階には、かつて不寝番《ふしんばん》がいたのだろう。格子窓の部屋がある。坂本は大門を拳で三度叩き、「ご免」と呼ばわった。

しばらくして、中から老人の声で返事があった。坂本は楼門越しに来意を告げると、くぐり戸が開いて、背中を丸めた小さな、やせた老人が顔をのぞかせた。年齢は七十過ぎ。おそらく奉公人であろう。老人は曲がった腰を杖で伸ばすかのように、ぐっと顔を上げて坂本の顔を真一文字に見すえている。

幡上竜作によって死のわらしべ長者にされたこと、遺言どおり劉備玄徳の像を届けに来たことを告げると、老人はしばらく待つように言い、姿を消してしまった。

山鳥の鳴き声に聞き入っていると、やがて大門の閂《かんぬき》が抜かれる音がして、ゆっくりと扉が開いていった。

⑧

「違う、違う、吉さん。手の位置が悪りぃわ」

そう言うと、赤木華子は吉野正次郎の手をぴしゃりと打ちすえた。熊山を下りた吉野と赤木華子、秀太の三人は、その足で赤木の父親、赤木天徳が営む備前焼工房に入り、ろくろを回すことにした。

「厳しいね」

「当たり前じゃ。備前焼の道は険しいんで。遊び半分でやりようたら窯の中にほうり込むでぇ」

たしか秀太が週三回通っている小林病院に行く前に、こうささやいた。

「姉ちゃんは酒を飲んだときと、工房におるときは、赤木華造という名のおっさんになるけぇのう」

その言葉どおり、赤木華子は、しらふだったが、工房に入るやいなや、こんな調子に変貌したのだ。

「ほたえな、華子」

突然、背後で男の野太い声がした。振り返ると、そこに着物姿の白髪の紳士が立っている。

「楠田先生」

華子はそう言うと、初老の男性に猫のようにじゃれついた。

「吉さん、紹介するわ。私が言うとった熊山のことについては、この先生をおいて他にはおらんというぐらい凄い先生じゃ。楠田実先生」

ろくろの前に座していた吉野は立ち上がり、名を名乗ってから驚いたように声をあげた。

目の前の老人は、あの幡上のバラバラ自殺の発見者だった。

「あなたは……あの、楠田先生ではありませんか。いや、その節は……」

楠田は帽子を取ると、頭を丁寧に下げた。

「いや、もう忘れましょうや。忌まわしい思い出です。そうですか。わざわざ東京から。華子は私の小学校の教え子でしてなぁ。今は、こんなじゃじゃ馬に育ちよりましたが、昔はウンともスンとも言わん大人しい娘でした」

「いらんこたぁええから、先生、吉さんにいろいろ教えてあげてぇ」

赤木華子はそう言うと、工房にあった椅子を楠田に勧め、自分もその隣に腰を下ろした。吉野は手拭いで丁寧に両手についた土を拭ってから、再びろくろの前に腰を下ろし、これまでのいきさつを語ってみせた。

「なるほど。そうすると、これまで熊山遺跡から出てきたものは十字架と仏舎利の小壺、シヴァ神の像と男根の塔に劉備玄徳の像。しかし、どれも男根の塔の中に納められていたものばかりとお見受けしますね。おそらくその広域性と多宗教性から考えて秦氏が持ち込んだものと考えてさしつかえありますまい。しかし、そんなものをどうしようとしたのでしょうな、幡上さんは」

「私の連れは売ろうとしたのではないか、と言うんですが……」

「売る？」

「そうです。売って資金を稼ぐ。実は幡上さんは亡くなる前、昭和海援隊という投資集団を作っていたんです。そこで莫大な赤字を出しています。その穴埋めにしようとしたのではないかと思います」

「そんな穴なら簡単に埋まるでしょうな」

「と言いますと?」

「これが熊山から出たとなると、相当な値がつきます。とくに男根、いや、一応宝輪塔ということにしておきますが、その塔は須恵器だという話です。そうすると、備前焼の先祖にあたる巨大なものですな。しかもそこに十字架を象徴する刻印があったというと、その珍奇さゆえに好事家の垂涎《すいぜん》の的となりましょう」

「しかし今ひとつわからないんですが、なぜ男根の先端に十字架が入っているんでしょう」

「おそらくユダヤ教の割礼《かつれい》を象徴しているのではありませんか?」

「割礼?」

「おちんちんの皮の先を切るんじゃろう」

赤木華子はそう言ってからケラケラと笑った。

「そうじゃ。ちょっきんじゃ」

「痛そうじゃな」

「痛い。しかしユダヤ人は生後一週間以内に割礼を施すといいます。その男根に入った十字の紋章はそのことをあらわしているんじゃないですか。それと文字どおりの十字架」

「ユダヤ教とキリスト教が混在しているというのですか？」

「秦氏は原始キリスト教徒だったんです」

「原始キリスト教徒？」

吉野はおうむ返しに問い返した。

「キリスト教の最初の信者はユダヤ人でした。だから原始キリスト教にはユダヤ教の教えが濃密に流れていたんです。これはあくまで私見ですが、秦氏はシルクロード伝いに仏教やヒンズー教、儒教、道教などを取り入れながら日本にやってきたと思われます」

「すると幡上さんは、その動かぬ証拠を発見したということですか」

「でしょうな」

楠田は赤木華子が差し出した湯呑みを受け取りながら、吉野にうなずいてみせた。

吉野は続けた。

「それとももう一つ気になるのが、巻物です」

「巻物？」

吉野は警察手帳に書き込んだ幡上の墨筆を読み上げてみせた。

『劉備玄徳の像。我れ男根の筒の中に発見セシ物ナリ。父親の元に戻すべし。我、秦氏の精神に立ち返り、〇〇〇自ラ盟主ト為スことをここに決断ス。残る一体の秘宝は東山の坂本龍馬の墓の上を舞う青い鳥に聞け！　昭和六年三月二十二日十五時決行幡上竜』

「なるほど。〇〇〇自ラ盟主ト為スとは、どこかで聞いたような」

楠田が湯呑みを撫でていると、横合いから赤木が口をはさんだ。

「坂本龍馬じゃ、先生。新政府綱領八策に書いてある龍馬の暗号じゃが」

「ああ。船中八策のあとに龍馬が作った新政府の計画書のことですな。それが幡上さんとどんな関係が？」

「どうも幡上さんは、新政府綱領八策を下敷きにして、何かをやろうとしていたんですね。というのもここです」

吉野は手帳を指さした。

「ふむ。昭和六年三月二十二日午後三時決行！　か……。二十二日といえば、あと五日後……」

「何かを決行するつもりだったようですな。まさか革命じゃないでしょうな」

楠田は笑い声をあげた。だが吉野の顔は青白い。

「そのまさかが、まさかじゃないような気もしてきたのです」

「革命……革命か……」

楠田は口中で繰り返しながら、持参した井桁模様の手拭いで、日に焼けた顔を一こすりしたあと、手帳を指さした。

「この○○には何が入るんでしょうな。盟主というからには相当格上の人物の名が入るのじゃろうが、それにしても秦氏と関係した人物の名と考えたほうがよさそうじゃな。それより幡上さん本人に聞いてみては如何ですか」

「幡上さんに？　しかし、先生。あの人はもう」赤木華子が首を振った。

「違う違う。実家の幡上の殿さんじゃ。父上じゃ。あの人なら何か知っとるかもしれん」

「実は今、私の連れがそっちに向かっているのです」

思わず乗せた吉野の左足のせいで、ろくろが回り始めた。急いで動きを止めようとしたが、はずみで今まで出来あがっていた湯呑みがぐしゃりと曲がってしまった。

……不吉だな。坂本君の身に何もなければいいが……。

⑨

「息子のことで何か」

「御子息から、わらしべ長者をやらされています」

「わらしべ長者？」

恰幅のよい着物姿の銅の長者は煙草にライターで火をつけながら、眉間に皺を寄せた。あり余る精力のせいで白髪が黄金色に光ってみえた。坂本はこれまでのいきさつを語って聞かせたのち、劉備玄徳の像を覆っていた風呂敷を解いてみせた。

「これは……」

「御子息が熊山遺跡から掘り出したものです」

「で、どうしろと。引き取れとでも言うのかね」

「どうしろ……それはこっちが言うことですね。私はどうすればいいのです？　御子息の遺言どおりにやってるんだ」

坂本の言葉には迫力があった。その威厳に押されたのか、幡上は座椅子から立ち上がると、背を向けて文箱から一枚の紙を取り出し、それを机の上に投げた。

「これは？」

「開けてみるがええ」

坂本が紙を開くと、そこには人の名前が列挙されていた。

関白　三条実美
内大臣　徳川慶喜
議奏　有栖川宮熾仁、仁和宮嘉彰、山階宮晃、島津忠義、毛利広封、松平春嶽、
　山内容堂、鍋島閑叟、徳川慶勝、伊達宗城、正親町三条実愛、中山忠能、
　中御門経之
参議　岩倉具視、東久世通禧、大原重徳、長岡良之助、西郷隆盛、小松帯刀、
大久保利通、木戸孝允、広沢真臣、横井小楠、三岡八郎、後藤象二郎、
福岡孝弟、坂本龍馬

「これは？」

坂本は机の上に紙を置いた。その内容は坂本龍馬が書き上げた『新官制擬定書』と呼ばれる一種の閣僚名簿だった。幡上は、への字に結んでいた口唇を開いた。

「息子が劉備玄徳の像を届けに来た人がいたら、これを渡してくれと言い置いて熊山に修行に出て行った。それだけじゃ」

「それは何日ですか？」

「昭和三年八月十三日。お盆の暑い日のことじゃ。忘れもせんわい。水浴びから出てきた裸のわしにこれをつかませて、自分はスタコラサッサと出かけて行きよった。一

週間後に帰ってくると言い残してな」

「帰ってくると……と」

「ああ。こんな話は警察にも言うちゃおらん。あんな放蕩《ほうとう》息子は自殺でええんじゃ。他人に殺されたなら、ワシは一生あいつと、そいつを恨みながら生きてゆかにゃあならん。それは人生の無駄というもんじゃ。自殺なら、あの馬鹿一人恨みゃあ済む」

「御子息は、なぜ龍馬の閣僚名簿を私に遺したんでしょうか」

坂本善次郎は幡上竜作の書いた和紙の上に視線を落としたあと、その父親の皺の多い顔を見つめた。だが幡上は首を振った。

「わからん。あれのすることはわからん。昔は素直ないい男だったがなぁ。岡山に出てからおかしゅうなった」

「どんな風に、ですか」

「修験道に凝りだした。それはそれで、ええことじゃ、と周りの者は皆そう言ったが、親にしてみりゃ、普通の男になってくれたほうがええんじゃ。じゃからワシは、ようあれに、竜作、普通が一番難しいんぞ、と口を酸っぽうして話をしたが、聞く耳をもたなんだ。そのうちに今度は、龍馬、龍馬、龍馬じゃと騒ぎ出した。六高におる木山という教師に影響されたんか、そそのかされたんか、日も夜も明けず、龍馬、龍馬じゃった。おかげで奴の部屋は坂本龍馬の本でうずもれとる。息が詰まるほどじゃ。しかも高知の龍馬像の建立にも相当入れ込んどったようじゃ。だいぶ金も使うたらしい」

そう言うと、幡上は煙草を口に運び、やがて紫煙を口から吐き出した。

坂本善次郎は吉野から預かった手帳を開くと、そこに六高・木山と書き込んだ。

「この木山先生は何の教鞭を取っておられるのですか？」

「国史じゃ。それと柔道部の顧問じゃ。あれも柔道を少しかじっとった」

「六高の柔道部ですか？　じゃあ寝技は相当なもんですね」

「よう知らんのじゃ。柔道部に入ってからしばらくたって修験道をし出したからなぁ」

「すると、もとは柔道から始まったわけですね。御子息の変化は」

「じゃろうなあ」

「この木山先生にお会いしたいですな」

「木山さんなら、六高に訪ねる必要はねぇ。それこそ岡山市の磨屋《とぎや》町の龍馬に行ってご覧せぇ。そこで毎晩、晩酌をしようるから」

「龍馬？」

「居酒屋じゃ。居酒屋龍馬じゃ」

「なるほど。お酒もいけるクチですか、木山先生は」

「会うたらよろしゅう言うといて。あんたのおかげで息子は見事にバラバラ自殺ができる体になった言うてな。どえれぇ精神力がついた言うてなぁ」

幡上は悔しそうに呟くと、突然、両手を叩いてみせた。

「おうい、お客人がお帰りじゃそうな！」

幡上はそう言うと、鶏を追い立てるように坂本善次郎を玄関まで送り出した。

「一ついいですかね」

「なんじゃ？」

「御子息からの伝言はこれだけですか？」

坂本は懐中を叩いた。そこに例の新政府の閣僚名簿が入っている。幡上は両目を細めて坂本を見つめていたが、やがてボソリと言った。

「劉備玄徳の像を持ってきた人がおったら、その人にこう言うてくれ、と言うとった。木山先生によろしく、と」

「木山先生によろしく？」

「会うてくれいうことじゃろ。あれの心の師に」

坂本は大きくうなずくと、踵《きびす》を返し、大豪邸を後にした。

行ってみよう。木山がたむろしているという居酒屋に。何かがわかるかもしれない。

坂本善次郎は銅の長者が築きあげた要塞のような豪邸を出ると、ゆるやかな坂を大股に駆け降りていった。

「先生、そもそも、あの熊山のピラミッドは誰が作ったんでしょうね」

備前焼の工房で、吉野は楠田と向き合っている。楠田はまばたきを繰り返したあと、こう言った。

「秦氏の盟主だったのは和気清麻呂公じゃ。おそらく熊山遺跡は和気清麻呂の監督下で秦氏の石工が造り上げたものじゃろう。建立者の和気清麻呂公とは――」

楠田実は、懐中から手帳を取り出すと、それを老眼鏡で睨むようにして一瞥《いちべつ》したあと、こう続けた。

「ときの孝謙《こうけん》上皇は女帝じゃった。のちに称徳《しょうとく》天皇を称するお人じゃが、あるとき病にかかった。百人の侍医が匙《さじ》を投げるほどの重い病じゃった。しかしそこに現れた僧の道鏡《どうきょう》が女帝の病を見事に快癒させたのじゃな。この道鏡は物部系の僧侶じゃと言われておる。物部系は、かつてこの国の軍事・祭祀を司っていた部族じゃ。その血筋の中から怪僧が生まれたのじゃ。未婚の女帝は心から喜んで道鏡に心酔した。心酔するのは構わんが、彼を法王にした上、天皇の位を道鏡に譲ってもよいと考えた。道鏡もこれをよしとした。当然、朝廷は大騒ぎになる。だが、権力者にタテつくものは、おらん。自然の流れとして道鏡天皇が誕生しようとした、まさにそのとき、体を張って

⑩

これに異を唱えたのが和気清麻呂公じゃ」

歴史に奇痕をとどめた有名な道鏡事件。このとき和気清麻呂は三十七歳、従五位下の下級貴族であった。和気氏とは、もともと別氏で、鉄の民であったと言われている。その血筋が秦氏との盟約につながっているのである。そして「道鏡を天皇にせよ」という宇佐八幡《うさはちまん》のご神託の真偽を確認するため、この清麻呂が宇佐に派遣された。宇佐八幡は秦氏、辛嶋《からしま》氏、大神《おおみわ》氏による三者の共同運営がなされていたが、このうち辛嶋氏、大神氏が道鏡についた。大神氏は三輪山を拠点とする物部系であった。つまり辛嶋氏と大神氏によって物部系の逆転劇が演じられようとしていたのである。和気清麻呂の派遣とは、すなわち秦氏による巻き返し工作であった。

こうした部族の相克と主導権争いのなかで、清麻呂が宇佐から持ち帰った、その答えは、「道鏡天皇絶対不可」というものであった。これに女帝と道鏡が激怒した。そのため和気清麻呂は大隅《おおすみ》国（現鹿児島）に流されたのである。この大隅国もまた九州における秦氏の拠点の一つであった。和気氏と秦氏の密接な、つながりを示すエピソードがある。楠田は言う。

「清麻呂公が宇佐八幡へ向かう途中で足にケガをした。すると、このとき三百頭もの猪が現れ、清麻呂公を助けたというが、おそらくこれは秦氏のことじゃろう」

楠田はそう言うと秦氏のことについて滑らかな口調で解説した。それによると秦氏には猪の頭のかぶり物をつけて祭礼を営む習慣があり、一族の葛井氏《ふじい》は、もともと白猪史《しらいのふひと》という猪のつく氏名を名乗るなど猪と深い関係があったというのである。

「もともと宇佐八幡の創建は秦氏の手によるものじゃ。したがって道鏡の権力を転覆させたのは結果として秦氏だったということになる」

「権力の転覆？」

吉野はその言葉にひっかかりを覚えた。

坂本龍馬の一件だけでなく、秦氏や熊山遺跡が権力の転覆に結びつくものだったとは……。もしかすると、本当に幡上竜作は、権力の転覆を考えていたのではないだろうか。

「どうしたね？」

楠田実が眼鏡越しにこちらを見ている。

「いえ、なぜ熊山遺跡を和気清麻呂が建立したのか。しなければならなかったのか。そう思いましてね」

吉野は新たに浮かんできた疑問を口にした。

「道鏡全盛の頃、いや正確に言えば、役小角の時代から、この国では律令によって山林修行は禁止されておった。朝廷の管理下に修験道を置こうとした」

「修験道を潰そうとしたんじゃ」

赤木華子はろくろを回しながら背中で割って入った。

「まあそういうことじゃ。そこで和気清麻呂公は故郷の熊山に修験場を造り、修験道を保護しようとした。なぜなら修験道の祖・役小角は秦氏だったからのう。いわば修験道は秦氏の信仰形態の一つじゃ。そうなると、かのピラミッドは朝廷や道鏡に反旗を翻す秦一族の象徴だったことになる」

「反旗の象徴？」

吉野は思わず喉仏を上下させながら、

「つまり熊山遺跡が時の政権に対する反旗の象徴だったということですね」

楠田は大きくうなずいた。

……なるほど。だから幡上竜作は憑かれたように熊山遺跡を掘り返し、秦氏の秘密を手に入れようとしたのだ。

「彼らにとって秦氏の秘宝は……」

吉野は手帳を開くと、そこに鉛筆を走らせながら呟いた。

「いわば革命のための三種の神器だ！」

「三種の神器？」

赤木華子が振り返った。その途端、ろくろの上でシンメトリーを描いていた赤木華子の円筒がゆらゆらと揺れて、斜めに潰れてしまった。吉野は崩れた円筒を見ながら、もう一度確かめるようにこう言った。

「は、秦氏の秘宝は、幡上の革命に必要な……錦の御旗だったんですよ」

第三章
龍馬の暗号

①

　岡山市の駅前から人力車で岡山城のある方向に五百メートルほど行くと、飲み屋街のある一角にたどりつく。磨屋《とぎや》町というからには、その昔は磨物屋や包丁売りが軒を並べていたのであろう。時代は変わり、古着屋や不動産屋が軒を連ねる商店街の中に、居酒屋・龍馬があった。夕暮れの帳《とばり》の降りる中で、龍馬と記された赤提灯が微風に揺れている。まだ時間が早いせいか、曇りガラスの向こうに人影はない。坂本善次郎は白いのれんをくぐり、ガラス窓のある引き戸を開けた。

「いらっしゃい」

　主人の元気な声がする。主人は焼き鳥の串を打っている最中である。店の中には龍馬に関連した書籍やポスターが貼られており、主人が心の底から龍馬シンパであるこりとが窺えた。

西洋式のカウンターには椅子が七つ。後ろに小上がり。そこに小卓が二つ並んでおり、四人ずつ合計八人が座れるようになっている。坂本はどこに座ろうか一瞬迷ったが、『龍馬の銅像募金にご協力ください』と書かれた募金箱の置かれた一番左端の席に腰をかけようとした。だが主人は、

「お客さん、御免。そこは予約席じゃ。こっちなら大丈夫」

そう言って隣の椅子を勧めるのだった。この規模の店で予約があるのかと坂本善次郎は不思議に思ったが、なるほど龍馬シンパの集う店ならそういうこともあるのだろうと一人了悟した。そして主人の勧める隣の椅子に座り直し、ビールを注文した。一本四十銭である。

「ご主人、こちらに木山先生はいらっしゃいますか?」

坂本が切り出すと、主人は手元においてあった小さな黒板を手に取りながら、

「来られるよ。もうすぐ来る。お客さんが座ろうとされたそこが定位置じゃ。場所が変わると店に入ってこんのじゃ」

主人はそう言うと、苦笑した。そして坂本のほうに回りこんでくると柱の釘にその黒板をぶら下げた。

「料理はここにあるから、好きなもん言うてぇよぉ」

「じゃあビールを」

「わかっとる。銘柄はサクラビールになるけど、ええかなぁ？　キリンビールは夕べ宴会があって全部のうなってしもうたんじゃ。あと一時間もすりゃあ配達してもらえるんじゃけどなあ」

　主人は坂本がうなずくのを見て微笑した。そして冷蔵庫を開くとビールを取り出し、ポンと勢いよく栓を抜いてみせた。大正二年七月から発売されたサクラビールだった。帝国麦酒会社の商品で、この会社は第二次世界大戦中に大日本麦酒会社と合併し、戦後はサッポロビールとアサヒビールに分割されることになる。

　ふと背中に視線のようなものを感じて振り返ると、そこにグラスを片手に微笑している女性がいた。よく見ると、サクラビールのポスターであった。坂本が片目をつぶって西洋流のウインクをしていると、

「お客さんは、初めてじゃな。県庁の人？」

「私が公僕に見えますか？」

「一応そう言うとくと、あたり障りがねぇじゃろう。あんた一見、優男風じゃけど、目が違うもんなぁ。なんか柔道か空手かやっとるんかな？　それとも剣道？」

　坂本善次郎が口を開きかけたそのときだった。引き戸が開き、中肉中背の初老の男が首を突き入れた。羽織袴に下駄である。

「あいとる？」

「あいとりますよ、先生」

主人はそう言うと、坂本に目で合図を送ってよこした。木山であろう。坂本はサクラビールをコップに注ぎながら木山の気配を背中越しに探った。硬派で名高い六高教師の割に物腰は柔らかい。

木山は坂本の隣の定位置に腰を下ろすと、「あれを」と言ったまま黙り込んでしまった。

うなずいた店の主人は鍋の中に水を入れると、それを七輪にかけ、その中にビールの瓶をそっと置いた。どうやら木山はビールをお燗にして飲むらしい。

「お燗にするんですか、ビールを？」

坂本は適当に愛想笑いを浮かべて、主人と木山の双方に語りかけるように言葉を投げてみた。どっちかが食らいついてくるかもしれない。

「珍しゅうねぇよ。私の知り合いは結構多いよ」

反応したのは店の主人の方だった。木山は相変わらず黙ったままだ。

坂本は懐中から例の龍馬の閣僚名簿を取り出すと、まず店の主人に投げ込むことにした。

「ご主人、これを見たことありますか？」

「これは新官制議定書じゃな。あれ、龍馬の名前が入っとるな。あれ……」

主人はそう言ったまま言葉を失っている。しばらくすると顔を上げた。

「龍馬は、ここに自分の名前を書いていないはずじゃがなあ」

「そうだったんですか？」

坂本はビールを注ぎながら両眉をあげた。どうやら龍馬の閣僚名簿はいくつか種類があるらしい。しばらく名簿に見入っていた主人は、やがて坂本の狙いどおり木山に話を振り始めた。

「先生、新官制議定書には、たしか龍馬は名前を書かなんだはずじゃけどなあ」

そう言うと主人は、木山に幡上のメモを手渡した。木山はそれを一瞥すると、

「健ちゃん、あんたが悲しむから、私はこれまで言わなんだけれども、もともと龍馬の名前はこの名簿の中に入っとったんだよ」

「どういうことでぇ、先生」

主人は両目を見開いた。新木健嗣というのが主人の名前だった。

「嘘じゃ。坂崎紫瀾《しらん》の『汗血千里駒《かんけつせんりのこま》』を読んだけど、龍馬は世界の海援隊をやる言うたんじゃねぇかな、先生」

主人が言うように新官制議定書を読んだ西郷隆盛は、そこに龍馬の名前がないことをいぶかしく思い、「役人ばならずにどうされるおつもりか」と龍馬に尋ねたところ、

「世界の海援隊でもやりましょうか」と答えている。これは龍馬の手紙や陸奥宗光の伝聞によるものだが、龍馬の虚心坦懐を伝える重要なエピソードだ。しかし木山の言うとおりなら、もともと閣僚名簿には龍馬の名前は入っていたことになる。この矛盾はどういうことだろうか。

「それじゃあ坂崎は、嘘をついたいうことかな、先生」

「もともと議定書を作ったのは坂本龍馬と戸田雅楽《うた》の二人だったんだね。戸田は別名尾崎三良《さぶろう》、その戸田の資料には、ちゃんと龍馬の名前があるんじゃ。それを削り取ったのは、千里駒を書いた坂崎じゃと言われとる」

「なぜですか」

坂本善次郎は思わず口を切っていた。

「お？」という表情で木山は、坂本を一瞥したのち、再び正面を向くと主人に語りかけるようにこう言った。

「小説をおもしろくするためだよ」

「ホンマに？」

主人は仰天している。坂本は木山のほうに体を向けた。

「たったそれだけのために歴史的資料を歪曲したんですか？」

「そうじゃ。皆、坂崎の作家的手法に引っかかったっちゅうわけじゃ」

「それなら、西郷のあの逸話は陸奥の作り話いうんかな、先生」

「いや、健ちゃん、西郷の手元に龍馬抜きの名簿が手渡ったかもしれん」

「待ってください、先生」

体を斜めに向けた坂本は、その勢いで思わずコップを倒しそうになった。

「あっと、すみません。先生、それじゃあ坂崎云々よりも現実として、西郷の側近に龍馬の名前があることを快く思わなかった人物がいたということですか」

「あなたは？　初めてお見かけするが……」

木山はそう言うと、鋭い眼光を坂本の顔に投げ込んできた。

「申し遅れました。私は東京の坂本善次郎です。、亡くなった幡上竜作さんにちょっとしたご縁があって、岡山まで訪ねて参りました」

木山の顔色が一瞬蒼ざめたように見えた。だが、すぐに「そうか」と一言ため息混りに漏らすと、「大事な人材を失ってしまった」と呟《つぶや》いた。

「大事な人材？」

「岡山にとって、日本にとって、という意味じゃ」

「と言いますと」坂本は問いかけたあと、主人に焼き鳥を頼んだ。

主人はうなずくと、七輪の上で焼き鳥の肉をあぶり始めた。その様子を見ながら木山は言った。

「彼に柔道を勧めたのが私なんじゃ。骨格といい、俊敏さといい、六高柔道部を背負っていく人材と見た私が、柔道部入りを勧めたんじゃ」

「その後、修験道に傾倒したらしいですね」

「それも私じゃ」木山は遠い目をして呟いた。

「じゃあ、先生ご自身も修験道を？」

「うむ」と木山はうなずいてから、こう言った。

「石川県に白山という山がある。私の父親は、ここを修行場にしとった修験者じゃった。私も子どもの頃から、ここに連れられて山野を駆け回っとったんじゃ。そうした昔話を聞かせたことがきっかけで、幡上君も修験道にのめり込むようになったわけじゃ」

木山はそう言うと、「健ちゃん、お酒」と日本酒を頼んだ。

「あいよ」

主人はうなずくと、団扇の手を止め、背後に並んでいる一升瓶のなかから備前酒という銘柄の酒を手にとり、コップに注ぎこんだ。

「その後、龍馬シンパになったんですね」

「修験道いうても、テント生活じゃから、キャンプに毛が生えたようなもんじゃ。たとえば熊山でテントを張った夜には、暇じゃから坂本龍馬や幕末の歴史を語って聞かせるうちに、幡上君もいつの間にか龍馬に感化されとったというわけじゃ」

「いや、龍馬じゃなく、先生に感化されたんじゃ」

主人がコップ酒を木山に手渡しながら微笑した。

木山はそれを受け取ると、一気に半分ほど飲み干した。その飲みっぷりから相当な酒豪であることがうかがえる。

「先ほど先生は岡山だけでなく、日本にとって惜しい人材だと言われましたね。何か幡上さんは、やろうとしていたのですか？」

「さて、その辺はわからんが、いつじゃったか、わしは昭和海援隊を作るんじゃ言うて、手紙をよこしてきたことがある」

昭和海援隊とは、幡上が中心になって結成した投資集団であった。

「その辺の詳しいことはわからんが、どうも昭和陸援隊と一対になって活動を始めるとか書いてあったな」

「昭和陸援隊？」

「どうやら昭和海援隊が儲けた金を昭和陸援隊に寄附する。それで昭和陸援隊が世直しをするとかいう構想らしい」

「隊長は？」

「幡上竜作君じゃ」

「それは昭和海援隊のほうですね。そうじゃなく昭和陸援隊の隊長のほうです」

「矢吹……たしか、矢吹作太郎君じゃったと思う。あれも岡山出身で、たしか一高に行ったんと違うかな。そのあと貴族院議員の秘書をしようたんじゃ」

矢吹作太郎……。坂本善次郎は吉野から聞いた名前を思い浮かべた。昭和海援隊の中にあった名前だ。

「先生、昭和陸援隊のことで、それ以外に詳しいことはわかりませんか?」

「お客さん」主人が焼き鳥の並んだ皿をカウンターに置きながら言った。

「ここは居酒屋龍馬じゃ。陸援隊の話ならよそでしてぇよぉ」

その気迫に圧倒された坂本善次郎は思わずうなずいた。主人の新木は腕組みをしながら木山を見た。

「それはそうと先生、西郷の側近で嫌がらせしたのは誰でぇ? 龍馬の名前を外すとはけしからん奴じゃな」

「健ちゃん、側近じゃねぇかもしれんで。西郷本人かもしれん」

「西郷が?」

「そうじゃ。西郷が龍馬の名前があったにもかかわらず、なかったかのようにふるもうた。ここに坂本さんの名前がありませんぞ、と周囲の人間にあえて聞かせるために、わざと、そう言うたんかもしれん」

「なぜですか？」坂本は焼き鳥の串を皿の上に置きながら、静かに問いかけた。

「それこそ龍馬を閣僚から外すためじゃ」

「どういうことで、先生」

「健ちゃん、思想的対立じゃ。西郷は討幕的大政奉還論者。龍馬は佐幕的大政奉還論者。つまり西郷は徳川慶喜の首を晒《さら》すことで満天下に徳川政権の崩壊を訴える。それ以外に倒幕はありえないと考えた。ところが龍馬は徳川慶喜という首を新政府の頭に乗せることで平和的に倒幕運動を終結させようとした。ここんところで両者は思想的に対立関係にあったということじゃ」

「それで西郷どんは嫌がらせを言うたんかな、先生」

主人は木山の前で小首を傾げている。本当に西郷がそんなことをするだろうか、という顔である。しかし木山はコップ酒を一息であおったあと、大きくため息をついた。

「しかし世界の海援隊でもやりましょうかな、という龍馬の名ゼリフがこのとき生まれたんじゃから、そんなのは大したことじゃなかろう」

「でも先生、もし龍馬が新政府の役人になっとったなら、明治政府も変わっとったろうな」

「まず土佐藩が力を持ったじゃろう」

木山はコップを主人の前に差し出した。主人は慣れた手つきで二杯目を注ぎいれた。

その様子を見ながら坂本は湧き上がってくる疑問を口にした。

「先生、土佐藩というなら、では中岡慎太郎の名前が、なぜここにはないんでしょうか」

「中岡？」

主人と木山が同時に口を開いた。

「それはお宅さん、いや坂本さん。あれ龍馬と同じ名前じゃな。それはええけど、中岡と龍馬いうたら役者が違おう。天下の坂本龍馬と地味な中岡を比べたら、そりゃ酷じゃ」

木山は唇を日本酒で光らせたまま、さらにこう続けた。

「おそらく龍馬は土佐藩が閣僚を寡占《かせん》するのもよくないと考えたからじゃろうなあ」

「しかし海援隊隊長が入ったなら、陸援隊隊長も入っていてもおかしくはないはずですがね」

「まあ、そりゃちょっと、なんとも言えんなあ」

「お客さん、龍馬と中岡じゃあ格が違うんじゃ」

主人の怒気をはらんだ一言で、結局、そこから話はうやむやになってしまった。しばらくすると、木山が腰を上げたのだ。

「それじゃあ失敬するよ」

「そういえば……」

坂本は幡上老人からの伝言を思い出した。

「幡上さんの父上にお会いしましてね」

ふいに木山の顔に影が浮かんだ。

「先生のおかげでウチの息子は精神力の強い男に育ちました、とお礼をおっしゃっていましたよ」

「そうですか。それにしても残念なことをしました」

そう言うと、木山は一陣の風のように居酒屋龍馬から出て行った。

「先生、ありがとう！」

主人の声がその背中をポンと叩いたかのようにやさしく響いた。

ふと坂本が小上がりの壁を見ると、一枚の写真が貼られている。それは新政府綱領八策であった。

「ご主人、これは」

「新政府綱領八策じゃ。船中八策のあとに書かれたもんじゃ」

見れば、たしかに「〇〇〇自ラ盟主ト為リ……」という龍馬の暗号が記されている。

「さっきの木山先生に、もろうたんじゃ」

主人は誇らしげに言った。

するとは龍馬の暗号のことも、幡上は木山から何か重大な事実を聞かされていたのかもしれない。

……こうしてはおれん。

坂本は懐中から一円をつかみ出すと、それをカウンターの上に置き、脱兎の如く店を飛び出した。背後から「お客さん、多い！　多い！」という主人の愚直な声が聞こえてきたが、夜気の中に出た坂本は左右を見回し、木山の背中を人影の中に追った。肩幅の広い男が「後楽」と書かれた提灯の向こうを折れるのが見えた。坂本が雪駄を鳴らしながら往来を走り、後楽の提灯のかかる店の角を曲がったときだった。

「せいやあ」という気合いとともに、突然、体が宙に浮き、地面に叩きつけられていた。

さらに黒い影がドンと覆いかぶさってくると、坂本の襟首を締め上げながら、「誰じゃ、お前、誰に頼まれたんなら」

木山のかすれた声だった。

「ま、待ってくれ。先生、俺は……」

坂本は、あえぎながら木山の肉厚の手をつかみ、引き離そうとしたが、無駄だった。

「言え。言わんか」

「違う。俺は……」

坂本善次郎は、目の前にある木山の両目に親指と人差し指を突き入れた。親指に木山の体液がまといついてくる感触がしたのと同時に、木山は両目を押さえて転がり始めた。

坂本は急いで体を入れ換えると木山の上に馬乗りになった。

「先生、俺は幡上竜作に縁ある人に頼まれただけだ。誤解するな。それより、このまま済ますわけにはいかん。投げられ損だ。少し付き合ってもらおうか」

坂本は木山がうなずくのを見て、その巨体から離れた。

遠くに木山の下駄が転がっており、猫がその上をまたいでいくのが見えた。

②

「そういうことじゃったか。これは失礼した」

木山はコップを握ったまま頭を掻いている。後楽という立飲み屋は若い女将一人で切り回している小さな店だった。店の中に客は三人。残る一人の客は書生風だった。

「いや、幡上君の一件があってから、私のところにも妙な尾行がついたりしてね」

「警察ですか？」

「いや」

木山は猪首を振ると、「得体が知れん」と、呟くように言った。

「俺も熊山で狙われました。お互い気をつけましょう。何かがまだ動いている」

「幡上君は、やっぱり殺されたんじゃろうと思う」

「先生、俺は幡上さんが龍馬の暗号に、何か重要な意図をもたせていたように思えるんです。何か生前に龍馬の暗号のことで、やり取りをされませんでしたか？ そもそも、あの○○○の中には、誰の名前が入る予定だったんでしょうね」

「坂本さん、さっきも言うたように龍馬は佐幕的大政奉還論者じゃ。当然、慶喜侯じゃろうなぁ」

「しかし西郷隆盛はそれでは納得しないとも言われたはずです」

「それじゃ。じゃけぇ、暗号にした。ボカしたんじゃ。西郷には島津侯と言えるし、後藤象二郎には慶喜侯で通せるからな。便利なもんじゃ、龍馬の暗号は」

「しかし、そんなやり方では、いつか龍馬自身がごまかせなくなるでしょう。お主の腹は？ と聞かれた際、どう答えたんでしょうね。ご想像におまかせするとは言えんでしょう。幕府と薩長両勢力によって黒か白か迫られているんですからね」

「もしかすると龍馬は、ここにまったく予想だにせん第三者の名前を想定しとったかもしれんなあ」

ふと木山は両目をつぶってみせた。

「たとえば？」

「たとえば春嶽侯」

「松平春嶽ですか……」

現代の読者からすれば、春嶽などと聞くとはるか遠い歴史上の人物であるだろう。しかしこの時代、その名前にはまだまだ現実感があった。というのも、その息子が存命なのである。坂本はコップ酒を宙にとどめたまま、

「しかし春嶽も慶喜派だったでしょう」

「誰もおらんとなりゃ話は別じゃ。いやこの考えのネタ元は正確に言おう。幡上君じゃ。あのとき手紙に書いておったんじゃ。先生、龍馬の暗号が解けた、と言うてな」

「龍馬の暗号が解けた？」

坂本は思わず両目を見開いた。

「で、誰なのです」

「そこまでは書いちゃあ、おらなんだ。しかし奇想天外な人物じゃと書き添えてあった」

「奇想天外な人物……」

一体、誰なのだ？　坂本は脳をめまぐるしく回転させた。〇〇〇に該当する人物は徳川慶喜、山内容堂、島津、毛利、松平春嶽の五人。しかしこの五人以外に盟主とな

る人物がいたのだろうか。勝海舟という名前が浮かんだが、それはすぐに消えた。勝はあくまで幕閣の一人である。

「誰でしょうね。先生、心当たりはありますか？」

「しかし、なぜそんなことが気になるのかね？」

「幡上さんは、どうも龍馬の英雄像を自分に重ね合わせているように思えるからです」

その途端、木山は巨体を揺すって笑い声をあげた。

「世の中の龍馬シンパは、皆、そうじゃないか。自分が龍馬の生まれ変わりだと思っている」

「幡上さんは特に、ですね」

「なぜそう思う？」

「熊山遺跡で幡上さんの伝言が見つかりました。そこにも新政府綱領八策が記してあり、『我、秦氏の精神に立ち返り、〇〇ヲ盟主ト為ス』と書かれてあったんです」

「熊山に？」

「そうです。幡上さんは、誰かを盟主に祭り上げようとしていたようなのです」

「それと龍馬の暗号と、どういう関係があるのかね」

「幡上さんにとって龍馬がやったことは教科書のようなものです。すべての行動のヒントは龍馬にある。おそらく彼は龍馬の暗号から着想を得て〇〇の中の人物を彼なりに想定したんではないかと思うんです。そして、その巻物には幡上竜という署名がありました。これは坂本龍馬の薩長連合の裏書きにある署名、坂本龍を意識したものじゃないでしょうか」

木山は両目を細めた。坂本はうなずくと、

「さきほど先生は、○○○は徳川慶喜のことだとおっしゃった。その論拠は？」

「ああ、それか。簡単だ。新官制擬定書の閣僚名簿の中に、龍馬は徳川慶喜の名前を入れている。それに大政奉還が二条城で決定したとき、近江屋あるいは酢屋で待機していた龍馬が、これに感激して慶喜を守ると周囲の者に漏らしたと伝わっている。さらに龍馬の恩人の一人、松平春嶽が慶喜擁護派だった。新政府綱領八策を書き上げる直前に、龍馬は福井に入り、春嶽とも面会している。おそらくこのとき、両者のあいだで慶喜に対する処遇について、なんらかの話し合いが行われただろう」

「だから誰から見ても、都合よく解釈できる暗号を龍馬は使ったということですか」

「そのあたりは、もしかすると春嶽の入れ知恵じゃったかもしれん」

「しかし、いずれにしても龍馬の処刑は、この暗号によって決定的なものとなった。違いますか、先生」

坂本善次郎はそう言うと、コップ酒を喉の奥に流し込んだ。木山はおでんの皿の中からつまみあげた大根を宙で止めた。

「すると坂本さんは、暗殺の原因が、この新政府綱領八策にあったというのかね？」

「正確に言えば新政府綱領八策と新官制擬定書が一対だったと思うのです。つまり」

坂本はコップをトンと置いて、木山の腫れ上がった両目を見た。

「ある人物と龍馬という二人の閣僚候補の地位をめぐる葛藤こそが、龍馬を死に至らしめたのではないか、というのが今の俺の推論です」

「閣僚候補の対立？」

木山は両目を細めた。そして大根をほおばりながら、

「推理小説としてはおもしろいが、歴史的にはどうかなあ」

「と、言いますと？」

「龍馬が暗殺されたのは、慶応三年十一月十五日のことじゃ」

木山は大根を口の中でかみしめると、コップ酒とともに喉に流し込んだ。そして龍馬暗殺の、そのときについて講釈師のような口調で解説を始めた。

③

慶応三年（一八六七）十一月十五日。

その夜、京都は雨だった。

それが午後九時ごろには止んだ。龍馬が河原町三条下ルの材木商「酢屋《すや》」嘉兵衛方から、河原町通蛸薬師下ルの醤油商「近江屋」新助方へ引き移ったのは、慶応三年十月中旬。新助は裏庭の土蔵を隠れ家として改造し、万が一の場合には裏手から誓願寺に逃走できるようにと、脱出経路まで準備して龍馬を迎え入れたという。

暗殺事件の当日、龍馬は隠れ家の土蔵にはいなかった。近江屋の母屋の二階で中岡慎太郎と面談していたのである。というのも、この日、板倉槐堂《かいどう》という文人が誕生祝いに掛軸を持参したため、土蔵から母屋に席を移して鑑賞していたのだ。そして板倉の帰宅直後に事件は起きたという。またその一方で、三日ほど前から風邪をひいた龍馬が、土蔵では用便その他に不便をきたすため移った、とされているが、おそらく双方の理由が複合的に重なったため、土蔵から母屋に移ることになったのであろう。

刺客が近江屋に侵入したのは、午後九時。

三、四人の人物が近江屋を訪れて龍馬に面会を申し込み、十津川郷士の名札を藤吉《とうきち》に渡した。取り次ぎの藤吉のあとに従い、三人が二階に上がって襲いかかったのである。そして坂本龍馬は何者かに殺害された。同時に襲われた龍馬の下僕の藤吉は、翌日の十六日午後四時ごろに死亡、同席していた陸援隊隊長の中岡慎太郎も重傷を負い、翌々日の十七日正午ごろに息を引き取った。龍馬の遺体には大小三十四箇所、藤吉には七箇所、中岡には二十八箇所の刀創があったという。

刺客の遺留品として、刀の「鞘」が現場に落ちていたという。確かにそれは所有者不明のものであった。そして、料亭の下駄も鳥取藩と尾張藩の記録に、遺留品として記録されている。

龍馬と中岡が襲撃された、という報に接し、現場に駆けつけた同志たちは、半死半生の中岡から襲撃の模様を聞き、それを日記や手紙などの文書に遺した。時系列で追ってみると、土佐藩の寺村左膳の同日付日記がもっとも早い。寺村は芝居見物の帰途、留守番の家来より龍馬の死を伝え聞いたという。

『坂本良馬当時変名才谷梅太郎并石川清之助（中岡の変名）、今夜五比両人四条河原町之下宿ニ罷在候処、三四人之者参リ才谷ニ対面致度とて名札差出候ニ付、下男之者受取二階へ上リ候処、不意之事故両人とも抜合候間も無之、其儘倒候由、下男も共ニ切られたり、賊は散々ニ逃去候よし、才谷即死セリ、石川ハ少々息は通ひ候ニ付、療養ニ取掛りたりと云、多分新撰組等之業なるべしとの報知也。』（傍線筆者）

犯人は新撰組だという。続いて刺客の情報を伝える第二報というべき、海援隊の宮地彦三郎が「篤助」なる人物に宛てた十八日付の書簡ではこうだ。

『三人抜刀ニ付、矢庭ニ打込候処、石川ハ短刀鞘成ニ而一太刀請留、才谷をも自分之鞘成ニ而請留候得共、何分不意之事故、数ヶ所深手、才谷ハ即死、石川ハ昨十七日終死亡、才谷僕夫藤吉と申者も、同十六日死失、未ダ相手不知、大々推察ハ何れも会之下方新撰組也申事也。』（傍線筆者）

これも新撰組の犯行としている。

第三報は、三条実美に随行して九州太宰府にいた清岡半四郎が十二月四日付で義兄に宛てたもの。

『慎君坂本龍馬下宿江（割注・河原町四条上ル近所ト云）十五日七ツ半時より被参、夜之五ツ半頃迄相談し居候処、十津川ノ人ト来リ、龍馬家来迄、手札差出候ニ付、家来夫ヲ持チ二階江上り候処、右三人者従ヒ来り、龍馬家来ヲ矢庭ニ切仆シ――。』

刺客が「十津川」と名乗ったことが記されている。

こうしたことから新撰組が、まず疑われた。というのも残された刀の鞘が新撰組の原田左之助《さのすけ》のものだ、と証言したものが現れたのである。証言したのは元新撰組参謀で、当時は新撰組から分離して御陵衛士《ごりょうえじ》、いわゆる高台寺党を率いていた伊東甲子太《かした》郎《ろう》であった。これに関しては土佐藩出身の田中光顕《みつあき》の口述記録に次のように記されている。

『其場合刺客は誰だか分らなかったが、後から伊藤甲子太郎といふ元新撰組であつて、其頃同志となつて居た男が来て、其場に蝋色の鞘が落ちてあるのを見て、是は新撰組の持つてゐるものだといふので、夫れで始めて相手が分つたが、併し新撰組の誰が遣つたかは今でも判然しない。』(『坂本龍馬関係文書』)

しかし伊東が、何日に、どこで、誰に語ったかという史料はない。伊東は事件の三日後の十八日夜、近藤勇の妾宅に呼び寄せられた帰途、七条油小路で新撰組に斬殺されてしまった。したがって証言がなされたとすれば、この三日間のうちであろう。

ただし鞘については「偽証拠」とする説がある。刺客が鞘を現場に忘れていくはずがなく、たとえば新撰組の仕業と思わせるために、わざと残して置いたというのである。

そこで神山左多衛の日記だ。ここに近藤が幕府若年寄の永井玄蕃に呼び出されたという一節がある。

十一月廿六日

（略）

一、近藤勇今日御呼立、御調ノ由

これは、二十日に鞘が原田左之助の物だとの証言を得た土佐藩が、先の『鳥取藩筆記』で見たように幕府にねじこみ、二十六日に永井が近藤に事実関係を尋ねた、という経過を物語ったものだ。当然、近藤は否定している。

次に見廻組説が唱えられた。

『坂本龍馬関係文書』に、今井の「刑部省口書《ぎょうぶ》」が引用されている。それによると事件の裏では次のような事態が進行していたというのである。

まず見廻組与頭の佐々木只三郎に呼ばれた今井信郎《のぶお》、渡辺吉太郎、高橋安次郎、桂隼之助《はやのすけ》、土肥仲蔵《どひちゅうぞう》、桜井大三郎は、佐々木ともども近江屋に向かったというのだ。それは前年寺田屋で幕吏二人を殺害した坂本龍馬捕縛のためだった。しかも捕縛できなければ討ち取ってもよい、との指図を受けていた。

彼らは午後二時ごろに近江屋に着き、桂隼之助が龍馬の在宅を探ったが留守だったため、東山の方へ向かった。その後、八時ごろ再び近江屋に行き、佐々木只三郎が「松代藩」と偽って龍馬への面会を申し入れた。取り次ぎの者が二階へ上がるのに続いて、渡辺吉太郎、高橋安次郎、桂隼之助がそれにしたがった。そして佐々木只三郎は二階上り口に、今井信郎、土肥仲蔵、桜井大三郎はその辺を見張っていたが、奥の間の家人が騒ぐので取り静めて二階の上り口へ戻ると、渡辺、高橋、桂が下りてきた。龍馬のほかに二人いたが、龍馬は殺し、残る二人には傷を負わせたが生死のほどは見届けていない、とのことだった。

禁固刑を申し渡された今井の罪状は、龍馬殺害事件関与と、箱館で降伏するまでの戊辰《ぼしん》戦争参戦であった。ところが明治五年一月、榎本武揚《えのもとたけあき》、大鳥圭介《おおとりけいすけ》らとともに特赦放免されている。つまり〝箱館戦争分〟の刑だけで、今井は許されてしまった形になっている。龍馬殺害に対しては無罪に等しいのである。こうしたことから明治政府は、龍馬事件に決着を付けるため、今井に偽の供述をさせたのではないか、という疑惑が生じたのである。しかも、よくよく考えれば新撰組の場合と同様に、幕府の公の機関である見廻組が下手人であるはずの龍馬殺害を秘匿しておく理由がどこにあるのだろうか。龍馬暗殺の闇はこうして時代とともに縦横に広がり、幕末史の巨大な謎の一つとされているのである。

それは現代に及ぶまで続いており、依然として犯人は不明であり、動機もよくわかっていない。

④

木山は眉を八の字にしながら、

「ざっと挙げると、龍馬暗殺の犯人は見廻組、新撰組、薩摩藩、後藤象二郎、紀州藩じゃ。それぞれに動機はあるが、もし坂本さんの言うように、閣僚の地位が原因だったとするなら、犯人は薩摩と後藤象二郎に絞られる。しかし西郷ほどの人物がそういうことをするかというと、ワシはそうは思えん。一方の後藤にしても手柄を一人占めにするために龍馬を暗殺したかというと、それも、こじつけのように思えてならん。その後の土佐藩の凋落は龍馬が死んだからじゃ。後藤がやったとしたら、とんだマヌケな話じゃわ」

「お言葉を返すようですが、西郷は禁門の変の軍事責任者で、薩長連合の立役者。禁門の変は、ご存知のように、長州のクーデターを阻止する戦いであったはず。しかし、その後、西郷は天敵の長州に歩み寄っている。つまり、人格は別として、西郷の本質とは陰謀と妥協の政治です。龍馬が阻害要因となれば、軍事的、政治的にこれを排除しようと考えてもおかしくはない」

「すると後藤じゃのうて、西郷が黒幕じゃったと言われるんか？」

「いや、単独犯ではない。単独犯ではなかったからこそ、犯人像が絞れない。つまり犯人が誰だかわからなくなったのでしょう。あるいは全員がグルだったのかもしれない」

「全員？　そんな馬鹿なことがあるか」

「女将、もう一献」木山はコップ酒を注文し、箸を皿の上に置くと、坂本の頭をのぞき込んだ。

「そうすると坂本さんは薩摩と後藤象二郎が連携して龍馬を殺ったと言われるんですか？」

「いや、殺ったのは誰かというなら、正確には薩摩と後藤、そしてもう一つの勢力の三者ではなかったかと思うのです」

「もう一つの勢力？　誰ですか？　それは」

坂本善次郎は腕組みをしたまま木山を見た。そして新見から岡山に到る汽車の中で考えてきたことを口にした。

「その人物とは……」

⑤

「うん、そうだ。備前焼。赤木工房。住所は今言ったとおりだ。それとね、花岡君、一高に君の恩師の三井先生がおられるだろう。あの方の書かれた神話や幕末史の論文、まあ私見だろうけれど、とても面白かった。何か龍馬の暗号解読に役立つかもしれんから、一度、お話をお伺いしたらどうかなと思ってね。え？　自ら盟主と為り？　そりゃ、今まで影に回っていた人物が、いよいよ表舞台に出るという意味だろうね。慶喜は辞職したという意味でそうだろうし、それまで将軍になれそうでなれなかった人物がいよいよ盟主に……という意味合いもあるかもしれんね。もちろん。ああ、そう。木島警部も同席でね。わかった。じゃあ、よろしく頼むよ」

吉野正次郎は黒電話の受話器を置くと、「どうも失敬しました。電話代はお支払いしますので」と言いながら居間に戻ってきた。

「遅いなあ、坂本さん」

秀太は円卓の前で正座したまま秋刀魚《さんま》を見つめている。居間に上がりこんだ吉野正次郎は、あぐらをかいて楠田の盃に徳利を傾けた。あれから楠田と秦氏について語り合ったのだが、お互いに別れがたく、こうして夕食をともにすることになったのだ。旅館にはすでに秀太が伝言に走っているため、いずれ坂本善次郎も赤木の家に駆けつけてくるだろうと、先に酒肴に手をつけ始めたのである。

「秀太、お腹空いとるじゃろ。先にご飯、食べられい」

赤木華子はそう言うと、楠田の隣に座り、自分の造った盃を手に、吉野に酒を催促した。

「ところで、坂本さんと吉野さんは、どこで知り合ったんですか？」

赤木は興味深そうな顔で吉野を見た。それは秀太も楠田も同じらしく、三人の視線が吉野の顔に同時に集まった。

「え？」

吉野は府中刑務所の前で偶然出会ったことを話そうかとも思ったが、坂本が前科者であることが知れると、三人の態度も変わってしまうのではないかと思い、ここはなんとかごまかすことにした。

「まあ捜査の行きがかりでね。偶然知り合ったんだ。彼は骨董屋なもんで、いろんな人が出入りするし、その筋の情報にも詳しいもんだからね」

「ふうん？　坂本さんは吉野さんの手下か？」と秀太。

「いや、そういうわけでもないが……。実を言うと、今、私の方が坂本さんに雇われているんだよ」

「ほう、警部補だった吉さんが、今は情報屋の手下かい？」

楠田は笑い声をあげた。

「下剋上じゃな」

「まあ、どっちでもええが。とにかく無事に帰ってくることを願って、乾杯！」

赤木華子の音頭で三人が盃を合わせると、秀太も茶碗を持った手を伸ばしてこれに加わった。楠田が吉野に笑顔を向けた。

「そういえば下剋上で思い出した。幕末の雄藩薩摩の島津家は秦氏の出身じゃ。それと土佐の坂本龍馬、武市半平太らの郷士は長曾我部の家臣じゃったが、この長曾我部もともとを正せば秦氏。つまり幕末は秦氏の起こした革命じゃったわけじゃ」

「秦氏の革命……ですか」

吉野は、ままかりをつつきながら楠田を見た。

「おもしろいもんじゃ。和気清麻呂の道鏡事件といい、明治維新といい、秦氏は日本の重大事件を裏から操ってきた。ほかにも源頼朝の鎌倉幕府。徳川家康の江戸幕府。両者をたぐっていくとこれも秦氏じゃ」

「先生は前から秦氏は革命の民じゃ言うとったけぇなぁ」

赤木華子は、目刺しをかじっている。

「秦氏が革命の民とはどういうことですか？」

吉野が上半身を楠田の前に寄せると、楠田は一言つぶやいた。

「辛酉《しんゆう》革命」

「しんゆう革命？」

「そうじゃ」

楠田はうなずいた。

辛酉革命とは、そもそも江戸時代後期の国学者本居宣長《もとおりのりなが》の門人伴信友《ばんのぶとも》（一七七三〜一八四六）によって主張されたもので、日本書紀は讖緯《しんい》思想の影響を受けているという。讖緯思想とは中国の『易経』の緯書『易緯』に掲載された予言思想で、端的にいうと六十年に一度、世の中に革命が起こるというものである。六十年は干支が一巡りする年数で、還暦なども当てはまるが、これを「一元《いちげん》」あるいは「一運」といい身体構造上に変化が起こるといわれている。またその二十一倍すなわち二十一元の一二六〇年（六〇×二一）を「一蔀《いちほう》」と呼び、この年に天下をゆるがす政治上の大変革が起こるとされている。なぜ二十一倍なのかについては革命の革の字を分解すると廿一中となり、二十一（廿一）にあたる（中）と読めるからだといわれている。こうしたことから日本書紀は西暦六〇一（推古九年）の辛酉の年から一蔀の一二六〇年を引いた紀元前六六〇年に神武元年が位置するように人為的に決定されたと伴は主張する。つまり、そこから一二六〇年後、日本史に最初の辛酉革命が起きた、というのだ。

楠田は続ける。

「明治の学者・那珂道世《なかみちよ》博士も聖徳太子が『緯書』の辛酉革命説にもとづいて推古九年（西暦六〇一）の辛酉の年を起点として一二六〇年を逆算したといっておられる。だから西暦六〇一年が最初の辛酉革命とすると、次の辛酉革命はいつだね？　秀太、西暦六〇一年の一二六〇年後というたら、何年かのう？」

　秀太は茶碗と箸を膝の上に置いて答えた。

「一八六一年です」

「そうじゃ。この年には特別な大事件は起きとらんが、この数年後じゃ。幕末の激動期に突入した日本は、明治元年に革命的な新体制を発足させるんじゃ」

「それが明治維新……ですか」

　吉野は思わず天井を見上げた。

「そこに薩摩や土佐の秦氏勢力が登場するというわけですね」

「吉野さん、なぜ秦氏かわかりますか？」

「……」

　吉野は黙ったまま楠田の目を凝視した。楠田は目を輝かせながら口を開いた。

「そもそもこの一二六〇年革命説のネタ元は中国じゃないんですよ」

「すると……」

「古代ユダヤです。旧約聖書の中にダニエル書というのがあって、そこに『一時期、二時期、半時期』ののちに悪が滅びるという預言が書かれている。この一時期、二時期、半時期というのは、一年、二年、半年、つまり都合三年半のことじゃ。三年半とは、四十二ヶ月のこと。一月《ひとつき》は三十日という聖書解釈の決まりによって三〇×四二。

すなわち一二六〇日。人間の一日は神の一年という、これも聖書解釈の決まりによって一二六〇年。したがって、ある年を起点にして一二六〇年後に大革命が起こると預言されているんじゃ。しかもダニエル書だけじゃない。ヨハネの黙示録にも竜と海の獣、陸の獣という三匹の怪獣が一二六〇日活動を行い、その後、倒れると預言されている。先ほども申し上げたように聖書世界で一二六〇日とは、人間にとっては一二六〇年のこと。こうして中東にも辛酉革命思想がある。にもかかわらず、中国にはこの辛酉革命思想が残っておらんのじゃ」

「ということは、古代ユダヤと日本にだけ、その思想があるということですか」

「そうじゃ吉野さん。そこで先ほどの聖徳太子じゃ。聖徳太子のブレーンは秦河勝じゃ」

「秦氏ですね」

「そう。この秦氏はすでに説明したとおり、原始キリスト教徒だったと言われておる。彼らは当然、旧約聖書、新約聖書を熟知しておった」

「ということは一二六〇年革命説を日本に伝えたのは……」

「秦氏じゃ」

楠田は、断ち切るような口調でこう言うと、盃を飲み干した。

「な、中岡慎太郎？　君は彼が暗殺者の一員じゃいうんか？」

木山は、お話にならないという顔つきで首を振ると、

「しかし中岡も死んどるじゃないか」

「裏切られたのではないですかね」
⑥
「裏切られた？！」

坂本はうなずいた。

「正確に言えば、あの夜、龍馬のいる近江屋を訪れた中岡は、陸援隊隊長として談判を迫った。話題はもちろん慶喜の処遇を巡ってです。そして陸援隊士の不満を海援隊隊長にぶつけるため」

「不満？」

「もともと陸援隊のパトロンは海援隊です。ところが海援隊の金が陸援隊に回ってこない」

「そんなことはなかろう」

「いや、あるのです。私は以前、中岡の証文を見たことがある。ある人物から三百両借金しているのですが、これは暗殺の一ヶ月前のことです。しかもその人物は、二人

が暗殺される直前まで一緒にいた」

それは板倉槐堂《かいどう》のことであった。板倉槐堂は、文人志士と呼ばれている。

龍馬が中岡慎太郎と近江屋で暗殺されたときに、部屋にあった寒椿と白梅図の掛軸「梅椿」は、槐堂が龍馬の誕生祝いに自ら描いたものである。龍馬らのものとされている数箇所の血痕が残るこの掛軸は国の重要文化財に指定され、京都国立博物館に所蔵されている。

「なら暗殺の直前に三百両も借り受けたなら、中岡は金には困っちゃおらん。そういうことじゃ」

「借りた金はいつか返さなければなりません。それよりも中岡が問題視したのは発足当初の取り決めが機能していないことです。海援隊の利益を陸援隊の活動費に充てるという、その仕組み」

「しかし海援隊も儲かっちゃおらんじゃろう」

木山は、まるで水でも飲むかのように酒を流し込んだ。

「いえ、儲かっているのです」

坂本は微笑した。そしてこう続けた。

「紀州藩というパトロンが登場した。例のいろは丸事件によって七万両もの賠償金が海援隊にころがり込んでくることになった」

「そこに中岡は目を付けたと言うんかな？」

「そうです。陸援隊としてもその配分に対して一言あってしかるべきでしょうね」

「それじゃあ、あんたは金のもつれで中岡が坂本を斬ったとでも言うんか？」

突然、木山は声を荒げた。愚弄《ぐろう》されたような思いがしたのであろう。右の拳を固めている。

「いや、押し入ったのは陸援隊士ではないかと思いますよ」

「陸援隊が？」

「そうです。あのとき先生は、十津川郷士を名乗って、近江屋に侍たちが訪ねてきたと言われましたね。陸援隊士のなかにも十津川郷士がいましたよ」

「しかし中岡が斬られているのはどういうことじゃ？」

「陸援隊士のなかに暗殺隊が潜入していた。彼らは坂本を斬り、返す刀で中岡を斬った」

「なぜじゃ。なぜ二人とも斬られにゃあならん？」

「裏切り者は処刑せよ、ですよ。慶喜の処遇をめぐって対立していた龍馬も中岡も次第に歩み寄りを見せ、慶喜温存の方向に走り出した。まず薩摩が土佐の後藤象二郎に、この問題の処理を投げかけたでしょうな。そして後藤は決断した。土佐藩を越えて怪物に育った坂本龍馬、中岡慎太郎を処断すべし、と。そこで宮川の一件です」

宮川の一件とはこういうことだ。

土佐藩士・宮川助五郎は慶応二年九月十二日、三条に立てられた制札を引き抜くという三条制札《さんじょうせいさつ》事件で新撰組に捕まり、京の六角獄舎につながれた。だが、慶応三年（一八六七）十一月十五日、ちょうど龍馬が暗殺された日に釈放され、河原町の土佐藩邸の牢屋に収容されている。ところが『鳥取藩の文書』の中に宮川の犯行を臭わせる文書があるらしいということから宮川犯行説がささやかれ始めたのである。後年その実物は、見廻組研究家の万代修氏によって東大史料編纂所の史料の中から発見されている。それによると、『八、九人の乱入は慥《たしか》に誰とも不㆓相分《あいかわらず》㆒、然る処、土州邸内に此節帰入居候宮川金之助と申者、先年脱走人の内にて三条大橋の制札を夜中外しに参り、新撰組に被㆑捕《とらえられ》候ものの由、恐らくは右切害人は宮川の徒哉《とや》も難㆑計《はかりがたき》趣にも仄《ほの》かに相聞候由、堅く口外を憚り申候事。十一月廿三日挙記』。

宮川の徒というのは、同じように土佐藩を脱藩した松嶋和介、豊永貫一郎、本川安太郎、岡山禎六、前嶋古平という五人の仲間のことである。のちに彼らは薩摩藩邸で一年以上保護されていたことなどが判明している。しかも彼らは薩摩藩邸を出たあと陸援隊に入隊していたのだ。つまりここから龍馬殺害は、薩摩藩の意向を受けた宮川グループの犯行ではないかというのである。実はその資料の存在も、坂本はある筋から以前耳にしたことがあったのだ。

「つまり薩摩の意を受けた土佐藩・後藤象二郎と陸援隊のはねっ返りが龍馬と慎太郎を暗殺した。そういうことではないですかね」

「しかし中岡は二日間生きていた。味方にやられたら、そう言い遺したじゃろう」

「たとえば中岡がそう言ったとしても、それが正確に伝わったでしょうか。あるいは誇りの高い、あの中岡自身が仲間に殺られたと言うでしょうか。言った途端に満天下に恥をさらすようなものですよ。だから彼は、幕府方の人間であることを匂わせて、自分たちが襲われた一件も倒幕に利用しようと考えたのではないですかね」

「しかし見廻組はなぜ白状した？　その必要があるのか？　いや、黙ってりゃあ済むんじゃねぇじゃろうか」

「陸援隊を操って両隊長を処分したことがわかると困るのは、薩摩と土佐の後藤象二郎でしょうね。誰かを犯人に仕立て上げておく必要があった。そこに今井がいた。幸い関係者は戊辰戦争で全員死んでいる。今井が罪を被れば、その後の人生を保証するという密約があったのではないですか？」

「誰と？」

「西郷隆盛ですよ」

　坂本善次郎が言うように今井を引き立てたのは、西郷隆盛であった。

「しかし見廻組にも動機があったぞ。前年の寺田屋事件で役人が龍馬に撃たれとる。

その報復とすれば、彼らにも動機がある」

「寺田屋を百人もの大人数で取り囲んだ連中が、今度はたった七人の暗殺隊とは大した度胸ですね。おまけに龍馬はピストルを持っている。そして相手は中岡慎太郎だ。必死必殺にしても一〇〇％成功するとは言い難いでしょう。おそらく二人が油断したのはどちらかの顔見知りだったからではないですか？　顔見知りゆえ、刀を取るのが遅れた」

「刀の鞘は？　新撰組の原田左之助の鞘が現場にころがっていた」

「見廻組の上司は松平容保です。新撰組の上司も同じく松平容保。いずれにしても松平容保に責任がいくように見廻組が偽装するでしょうか。むしろ討幕派が義憤のエネルギーを爆発させるための種火として、新撰組にその罪をなすりつけたと見るべきではないですかね」

「まあええわ。ところで坂本さん、あなたは何が言いたいのか？　竜馬暗殺の犯人を私と二人で追及したいと言うのなら、それはちょっとお門違いじゃないか？」

「違います。伊達や酔狂じゃない。幡上さんの死は、龍馬の暗号と無関係ではないような気がするのです。龍馬の暗殺のきっかけが龍馬の暗号だったとすれば、海援隊と陸援隊には、金やポスト、そして盟主の座をめぐった葛藤があった。さらには薩摩藩や土佐の後藤象二郎からの圧力もそれに加わったという見方が成立するのではないかと思うんです」

「それじゃあ君は、幡上君は昭和海援隊隊長として昭和陸援隊隊士に殺されたと言いたいんじゃな」

「そうかもしれません」

「しかし矢吹君と何人かの仲間にはアリバイがあるんじゃろう」

「崩します」

「崩す？　警察が崩せなんだものを、なんでひょっこり東京から来た君が崩せる言うんなら。ああ気分が悪うなってきた。女将、勘定！」

木山はそう言うと、ズボンのポケットから銭を取り出し、長方形の卓の上に並べていった。

「ありがとうなあ」

女将が銭をしまうのと、木山が店を飛び出すように出て行ったのが同時だった。

「あ、木山先生！」

坂本が後楽ののれんをかき分けて通りに駆け出したときだった。突然、短刀を脇腹に突きつけながら黒覆面の男が顔を寄せてきたのだ。

「坂本さんですね。少しお顔を貸してもらいましょう」

見れば一台の車が闇の中に息をひそめている。フォードA型だった。横浜工場で組み立てられており、通常、円タクが使用しているものだ。しかし見たところ営業車ではなく個人のものらしかった。開いたままになっている後部座席に背中を押されながら坂本が乗り込んだのを確認すると、フォードは身震いをするように車体を震わせながら闇の中を走りだした。

坂本の隣で男は、短刀を脇腹に突きつけたまま息を殺して前方を見つめている。

「どこに行くつもりかね」

「黙ってな！」

男はドスの効いた声でそう言うと、運転席の男に「急げ！」と短く命じ、それっきり押し黙ってしまった。

車は駅前通りを右折すると、東に向かって真一文字に走り続けた。月明かりの向こうに後楽園が広がっている。車は旭川の手前の細い道を走り続け、漆黒の闇のなかで停車した。闇の中に石垣が見える。岡山城の遺跡である。

「降りろ！」

男に命じられて坂本が車から降り立つと、黒覆面の男たちが木刀を手に、殺気立った風情で待ち構えていた。口から唸り声を上げる者、荒い息を吐く者、微動だにしない者、総勢六人。そして短刀の男が加わった。

……七人か。いや、運転手を入れて、八人……。

坂本は状況把握に努めた。そして明るい声で話しかけた。

「誰だね。君たちは？」

「幡上の一件から手を引け！」

短刀の男の声音だった。

「乗りかかった船とはこのことでね、深みにはまっちまったらしい」

そして坂本は覚えたての岡山弁で、「おえりゃあ、せんのう」と笑ってみせた。

その途端、短刀が飛んできた。一瞬早く坂本は首を傾けた。その残像を貫いて、短刀は闇の中に消えた。と同時に、木刀を持った男が走り込んできた。坂本は体を引きながら木刀の一振りをかろうじてかわすと、左拳で男の脇腹に当身を突き入れ、さらに右手で相手の鎖骨を、下から上へと押し上げた。ちょうど、たたらを踏んでいた男は、まるで針で突かれた風船のように後方に飛び出すと、空中を舞いながら砂埃を巻き上げた。

「おのれ！」

叫ぶや否や一番背の低い男が廻し蹴りを坂本の顔面に叩き込んできた。すんでのところでこれをかわすと、坂本は右手を男の急所に潜り込ませ、これを全力で引き絞った。

「ぐぎゃ」という妙な声をあげて男が崩れ落ちるのと、手裏剣がこめかみをかすめ飛んでいったのが同時だった。短刀の男が放ったものだ。間合いを開いては殺《や》られる。坂本は第二撃を放とうとする男の手元に飛び込むと、その右手を両手でつかみ、上体を曲げるようにして前方に拝んだ。小手返しだった。

すると手首を決められた男は、その姿勢のまま後方に崩れ落ちたが、手首を支点にして鮮やかに宙を舞うと、逆に坂本の小手を返しに来た。絶妙の返し技だった。

……この技を使うとは……やはり、こいつらは……。

右手首を決められながら坂本は上体を崩しつつ、左手の甲を男の覆面に向けて叩き込む。

「ぐぎっ」という妙な感覚とともに男の口の中で奥歯が吹き飛んでいったのがわかった。ぺっと歯を吐き捨てると、男は懐中からピストルを取り出した。そのときだった。暗闇の中で男たちの悲鳴が次々と起こり、ピストルを構えた男が、突然、宙に舞ったのだ。

……払い腰！

月光の中に躍り出た一人の男。そして地面に叩きつけられた黒い影。

「坂本さん！　無事かあ！」

その声は木山のものだった。

木山は次々と男たちを投げ飛ばしながら坂本のところまで駆け寄ると、坂本の背中をドンと叩いてみせた。

「木山先生！」

坂本が両手を手刀にして構え直したときだった。けたたましいパトカーのサイレンの音が聞こえてきた。

「わしが呼んだんじゃ」

木山がうなずいて、「さあ来い」とばかりに両手を広げてみせた。すると観念したのか、短刀の男の「行くぞ！」という声とともに男たちは走り出した。そして後楽園へと続く月見橋を渡り、あっという間に闇の中に消えてしまった。

入れ替わるように一台のパトカーの中から走り出た警官たちが、ドヤドヤとこちらに向かって走ってくる。

そのうちにパトカーは二台、三台、五台、十台と数を増やし、ついに地面を照らしていた懐中電灯の明かりがいっせいに坂本の顔を照らし出した。

「お前か！　不審者は？　こっちにけぇ！」

「いやいや、この人は被害者じゃ。犯人は月見橋を渡って後楽園に逃げ込んだんじゃ」

木山はそう言うと、坂本善次郎の肩を叩いてみせた。

「あんた。柔術でもやりようるんかな？　えらい強いなあ。見せてもろうたで」

「先生、ともかく一度、署に来ていただきますが、よろしいですかな？」

懐中電灯の明かりの中をかき分けるようにして中年の男が近づいてきた。岡山県警の三谷八兵衛と名乗る警部は、胸を反らすように近づいてくると、手帳を出しながら坂本善次郎を睨みつけた。

「東京から疫病神が来たらしいな。あんたも来てもらおうか」

⑦

「吉さん、かたじけない」

坂本善次郎は岡山西署の二階にある応接室のなかで頭を下げた。結局、あれから坂本は西署に拘留され、翌日の午前十一時に身元引受人の吉野正次郎の尽力で無事に釈放されたのである。

「木山先生は西署の柔道師範だというじゃないか。その先生が俺の身元を保証すると頭を下げているのに、あの三谷という警部はなんだ。言を左右にして結局、牢屋にぶち込みやがった。許せんな」

坂本は口唇をとがらせた。しかし吉野は腕組みをしたまま深刻な表情を浮かべている。そしてこう言った。

「どうもタレこみがあったらしいですな」

「タレこみ？」

吉野はうなずいた。

「東京から幡上竜作のことを調べに来た者がいる。不審人物だから県警は動向に注意せよ。そういう連絡が三谷警部のところにあった、というんですよ」

「誰だ？　そいつは」

「誰だと思います？」

「さて」

坂本は首をひねった。すべての人物が怪しいといえば怪しくもあり、誰か一人を特定しようにもできないのである。坂本が考えあぐねているのを見透かしたように、吉野は先手を打ってみせた。

「幡上英五郎ですよ」

「幡上の親父か？」

「彼は坂本さんが新見の自宅を引き上げて、すぐに県警の三谷警部に電話を入れている。それで坂本さんも木山先生も通報を受けて西署が動いたと思っているでしょうけど、実際は違う。連中は尾行していたんですよ、坂本さんのことを」

「どこから？」

「岡山駅から居酒屋に向かうあたりですね」

吉野は、その後、銅の長者の権勢の一部を語ったあと、坂本の顔を見すえたまま身を乗りだした。

「坂本さん、あなた何者なんですか？」

「何者？　ただの骨董屋だよ」

「そうじゃない。ただの骨董屋が満州の孫文に接触を図ったりしますかね？」

「孫文？　孫文直筆の掛軸の真贋を問い合わせたことはあるが……」

坂本はそう言うと黙り込んだ。しかし吉野は丸眼鏡の奥の瞳を光らせながら続けた。

「三谷警部も不思議がっていましたよ。あなたは府中刑務所に収監されたにもかかわらず、昭和四年に満州に渡り、孫文の秘書長に接触している形跡があるとね。どうなんですか？」

「岡山西署から出られなかった男が、どうやって府中刑務所を出獄し、日本を脱出したのか逆に説明してほしいね」

坂本が笑い声をあげたところに、三谷警部が若い刑事を連れて現れた。

「吉野さん。わしゃあ、あんたに免じてこの男を自由の身にしたが、本音のところじゃ、あと一週間でも二週間でも締め上げて、何を企んどるか白状させちゃろうと思いようるんじゃ。じゃけど坂本さん、あんたが浜田海軍大将の書生をしようたいう話を聞いて、さしもの、わしも腰が引けたんよ。吉野さん、一日も早う岡山からこの男を連れて出て行ってくれんかのう。幡上さんからは、やかましゅう言われるし……。なあ、頼みますわ」

三谷は苦笑しながら吉野に両手を合わせて拝むふりをした。吉野は何度も小刻みにうなずくと、

「わかりました。ちょうど京都へ行こうと話をしていたところです。それより三谷警部、犯人の正体はわかりましたか？」

三谷は椅子にどさりと巨体を落とすと、

「いや、それがようわからんのじゃ。地元の暴力団でもなさそうじゃし、かと言うて後楽園のあたりを縄張りにしとる愚連隊でもないし、まあ引き続いて捜索しますけぇ、もうしばらく猶予をください」

そして坂本善次郎に向き直ると、三谷は声をひそめながら、しかしそれでいて強い口調でこう言った。

「幡上竜作の件は、蒸し返すなよ。ややこしいことになるけぇのう」

坂本は片方の眉をあげて三谷を見た。

「あんた昨晩のことをもう忘れたんか。ああいうことになるけぇ、蒸し返すなよ、言うとるんじゃが」

三谷八兵衛は人の倍ほどもあろうかという握り拳で机をドンと叩いてみせた。しか

し坂本はその物言いに反発を覚えたようだった。

「幡上竜作は自殺だったと断定したのは、そもそも岡山県警だというじゃないですか。それがひっくり返るとマズイことになる。そういう話でしょう」

「違うよ。ありゃあ警視庁のほうから水入りにされた話じゃが。なあ、吉野さん」

身を乗り出した坂本を制しながら吉野は頭を下げた。

「わかりました。ご忠告に感謝します。すぐに岡山を出るようにしますから」

「頼んます」

三谷は煙草をくわえると、後方にいた若い刑事がマッチの火を近づけた。その怪しい眼光を振り払うかのような勢いで坂本は、席を蹴るようにして立ち上がると、応接室を足早に出て行った。

陽光の差し込む廊下を歩いていると、後ろから刑事が追いかけてきた。

「吉野さん、吉野さんでしょう」

振り返ると、そこに合同捜査本部で一緒だった道定刑事が、懐かしそうに笑いながら立っていた。手には黒い書類の束を抱えており、これから会議に入るところであった。道定は吉野に握手を求めながら、

「やあ、ご無沙汰です。あれから西署に配属になりましてね。吉野さんは？　また派遣されてこられたんですか？」

「いや、もう刑事じゃないんだ」

吉野はうつむいた。

「どうされたんです？　まさか辞職されたんじゃ」

吉野は事情を説明しようとしたが、坂本はそれを遮るようにこう言った。

「おい、若いの。暇だったら明治三十年四月十日に新見の幡上鉱業の銅山で事故が起きたかどうか調べてくれないか。死亡者の名簿が手に入ればありがたい」

「幡上鉱業って、吉野さん、まさか、まだ例の件を追ってるんじゃあないでしょうね」

「それが追ってるんだ」

「懲りない人ですなあ。いや、驚いた。執念だ。そりゃ刑事やめちゃった人が何を追おうと自由じゃけぇなあ。わかりました。吉野さんの男気に、この道定、惚れました。吉野さん、ひそかに合同捜査本部復活させますか？」

道定は口唇に指一本押し当てて周囲を見回すと屈託のない笑顔を見せた。

「頼んだぞ。行こう、吉さん」

坂本はそう言うと踵《きびす》を返し、足早に階段を下りていった。

「吉野さん、あの人は？　刑事ですか？」

「いや、さっきまで留置場にいたんだ」

「なんでそんなのが、偉そうに……」

「その前は府中刑務所にいた」

「げぇ？　極悪人じゃないですか。なんでまた吉野さんが手下のように」

「よくわからんのだ。善人なのか悪人なのか、ずっと一緒にいても判別がつかないんだ」

吉野はそう言うと片手をあげて坂本のあとを追いかけた。

「じゃあ、よろしく頼む。何かあれば備前焼の赤木工房に連絡しておいてください」

「吉野さん、今度一杯やりましょう。居酒屋龍馬という面白い店を見つけたんです。ここの主人は龍馬通ですから、龍馬の暗号の件、何かわかるかもしれませんよ」

道定の明るい声が西署の階段に響いた。

第四章
踊る猪

①

　京都行きの山陽鉄道に飛び乗った二人は、流れてゆく車窓の景色を見つめたまま黙り込んでいた。車内は三割ぐらいの乗客で、空席が目立っている。

　吉野は赤木華子と秀太に応分な礼もできずに岡山を離れることに心が痛んでいた。

「坂本さん」

　列車が備前を過ぎた頃、ようやく吉野は口を開いた。

「あのぉ、赤木秀太のことですがね……」

　坂本は腕組みをしたまま吉野を見た。

「白血病だそうですね」

　坂本は思わず両膝の上に拳を乗せ、身を乗り出した。

「元気そうに見えたけどね……」

「夕べ赤木さんが、秀太が寝入ってから教えてくれたんです。どこかにいい医者はいないかと相談されましてね」

白血病は不治の病である。赤木華子が京都から戻ってきた要因の一つは弟の病気のこともあったのだ。

「なんとかなりますよ、なんとか」

坂本はお経のように呟くと、窓の外を流れる山なみに向かって両目を閉じた。

人の世は矛盾している。生きようとして生きられないものもいれば、自ら生命を無駄にする阿呆《あほう》もいる。そんな連中と秀太の生命が交換できたなら、どんなにいいだろうか。

「吉さん。大事なのは魂だ。秀太の魂は立派だった。悪人を憎んだ。姉や俺たちをかばうために敵に向かって突っ込もうとした。肉体は誰しもいつか滅びる。早いか遅いかの違いだけだ。だが、人間、魂がどこまで光り輝くかが問題なのだ」

「なるほど、そのとおりかもしれんな」

吉野は、しんみりとした口調でそう言うと、座席に深くもたれかかった。そして天井を見上げながら、静かに口唇を開いた。

「考えてみれば、我々も」

「……」

「我々も幡上竜作の魂に導かれてこうやって旅をしている。そうでしょう、坂本さん。一つ教えてもらえませんか？　そもそも坂本さんに十字架を手渡した人は誰なのです。その人物こそ幡上竜作が心から信頼した人ではないですか」

「吉さん、今は勘弁してくれ」

「しかし、あなたは浜田海軍大将の書生だったという。並みの人物じゃありませんね。そして真偽は別として孫文の一件。幡上の謎より、私はあなたの謎のほうに興味が湧いてきましたよ」

「吉さん、すまんがちょっと寝かせてくれないか。昨晩は枕が変わっちまって眠れなかったんだ」

そう言うと坂本善次郎は、あっという間に鼾《いびき》をかいて眠り始めてしまった。

列車が京都駅に滑り込んだのは午後六時を過ぎた頃だった。

その日は駅前の旅館に宿をとることにし、翌朝の午前七時すぎに東山護国神社に向けて二人は足早に歩き出した。

東山護国神社に向かう急勾配の坂道は、吉野正次郎の心を萎《な》えさせた。棒のようになった両足をひきずるようにして、高台寺のあたりを通り過ぎたところで吉野は立ち止まり、空を見上げた。

「それにしても幡上は龍馬の墓に何を隠したんでしょうな。『坂本龍馬の墓の上を舞う青い鳥に聞け！』。間違いない。これは東山の龍馬と中岡の墓のことですよ。しかし青い鳥に聞けというのがわからない」

「さてね。今度は龍馬の墓でも掘り返したんじゃなかろうか」

「熊山遺跡のあとは龍馬の墓ですか？　まさか」

「そのまさかの連続で、今、俺たちは、こうしてしんどい坂を上らされている。きっとあの世で楽しんでいることだろうよ。幡上竜作も」

やがて二人は護国神社の石段を登り始めた。石段を登りきった先に坂本龍馬と中岡慎太郎の墓が並んで建っている。人の気配はなかったが、墓前には線香が供えられ、その前に静かにろうそくの炎が揺れている。どうやら墓参に訪れる人々が後を絶たないようであった。青い鳥どころか黒い鳥《カラス》が無数に上空を舞っている。

二人がここに葬られたのは慶応三年（一八六七）十一月十八日のことである。

龍馬の葬儀は近江屋の一室で行われた。十一月十八日午後二時ごろ、近江屋から三つの樽が出発すると、そのまま埋葬地へ向かった。先頭に龍馬、慎太郎、藤吉の順であった。『雋傑《しゅんけつ》坂本龍馬』には、こうある。

「暮れ易き釣瓶落の秋の夕陽、紅葉かざる京の西山、愛宕、衣笠の山端に落ちむとす、暮れ行く夕暮の日影淡く、白張の提灯、秋風に戦き、はや星の瞬き涙を含める者あり、葬列は土佐藩邸の前を過ぎ、東山霊山指して粛々として進む、沿道の人士、多めに礼を尽くしくこれを送る」

だが海援隊の隊士は、いつ新撰組や見廻組の者が襲ってくるかもしれないと、抜き身の刀を下げ、ある者はピストルを懐にしのばせるという物々しさだった。長州の木戸孝允は「両雄のために墓標を涙ながらに揮毫《きごう》した」というのだ。しかし、この時期彼は、長州に帰郷中だったため、実際は長州藩士の誰かが書いたと思われる。つまり代筆である。のちに太宰府にいた公卿・三条実美は十二月五日、弔いのため祭壇を設け、慰霊祭を行っている。そのとき弔歌を詠じ慟哭《どうこく》したという。

「『武士のその魂やたまちはふ　神となりても国守るらん』。このとき三条公が詠んだ歌です」

吉野は諳《そらん》んじてみせた。三条は龍馬らが神になるというのであった。相当な評価。いや尋常ではない讃辞であろう。唐突に神という言葉が出てきたことに、坂本は違和感を覚えたが、すぐに二人の墓前に手を合わせた。朝廷の要人だからこそ神道に則り神と称したのであろう。やがて吉野が唇を開いた。

「海援隊と陸援隊は、このとき共同で納棺を行っているようですな。ということは、坂本さんのいう陸援隊犯行説は成立しないいんじゃないでしょうか」

「なぜだ？」

春霞に沈む京都の街を見下ろしていた坂本は、背中を向けたまま言葉を投げてよこした。

「まずそうならば、坂本を慕う海援隊士が、陸援隊を排除しにかかったはずです。共同で納棺など行われなかったでしょう。それに陸援隊士のなかに暗殺隊がいたのなら、陸援隊のなかで一悶着《ひともんちゃく》あってもおかしくはない。全員が全員、反坂本ではなかったでしょうからね」

坂本は振り返った。

「あのとき海援隊士のほとんどは、新撰組か、紀州藩の三浦休太郎が犯人だと思い込んでいた。それに陸援隊のほうも、谷干城《たてき》らが新撰組犯行説を声高に主張していたはずだ。内部にそういう人間がいたからこそ、逆に犯人をデッチ上げる必要があったとは思えんかね？」

「しかし、それじゃあ犯人は、その後どうしたんです？　のうのうと陸援隊士のままでいたんでしょうかね」

「いたのではないか？」

坂本は振り返ると、二、三歩、二人の墓の近くに歩み寄った。

「なぜなら暗殺隊の責任者は中岡慎太郎だったからだ。彼らは、その中岡をも処断した。しかし、それは別に除名される行為ではなかった」

吉野は両方の小鼻を膨らませ、納得がいかない、という顔をしてみせた。坂本は続けた。

「おそらく中岡は全責任を以って、龍馬を説得するといって近江屋に入ったはずだ。しかし約束の時間が過ぎても一向に出てくる気配はない。どうやら龍馬の説得に失敗したようだ。ならば、ということで押し込んだのではないか」

「しかし、だからといって中岡まで斬る必要があったでしょうか」

「あった」

坂本は大きくうなずいてみせた。東寺のある方角の雲間から筒のような光の束が差し込んでいる。光の中に佇む京の街を見ながら坂本は続けた。

「薩摩と土佐の間で締結された薩土同盟という密約。これは中岡の斡旋によって生まれたものだ。このとき土佐の乾退助《いぬいたいすけ》は軍部を率いて京に上り、討幕を果たすことを薩摩の西郷隆盛に約束した。乾は、もしこれができなければ切腹すると言っている。そして中岡も、乾がそう言っている以上、自分も切腹しなければならない、と言っているんだ。ところが山内容堂の反対に遭い、その構想は頓挫した。吉さん、当然中岡ほどの律儀な男なら切腹すべき場面ではないかね」

「しかし、そうはならなかったですね」吉野は同意した。武士ともあろう者が軽々に切腹を口にすべきではないだろう。

「それは西郷がいち早く薩土盟約に見切りをつけて同盟を放棄したからだ。つまりなかったことにしたのだよ。だが中岡にとっては決して名誉のある話ではない。むしろ薩土盟約の汚名を晴らすためにも、反薩摩的行動を取ろうとしていた坂本の説得に全力を上げて取り組んだのではないか？　また西郷もそれで帳消しにしようと約束した。いわゆる汚名返上というやつだ。しかし両者の長時間の話し合いも徒労に終わり、中岡は説得工作に失敗した。陸援隊は薩土盟約の失敗の責任と合わせて、中岡には責任をとらせた。もちろん坂本龍馬にも」

「反薩摩的行動とは何ですか」

「今のところは、なんとも言えん」

坂本は顎を撫で回した。

「まあいいでしょう。すると陸援隊は誰に動かされていたのですか？」

「薩摩においては西郷。土佐においては後藤象二郎。長州においては板倉筑前介。少なくとも龍馬を殺さなければならない薩長土の影響下に置かれていた」

「坂本さん。今、長州においては板倉と言われましたね。誰ですか、それは」

「十一月十五日に、近江屋に掛軸を持って現れた男だよ。文人であり志士でもある」

「ああ、龍馬の血が飛び散った梅椿の掛軸ですね」

「あれを書いたのが板倉だよ」

「しかし、それは龍馬の誕生日祝いか何かで、彼が近江屋に持っていっただけの話じゃありませんか?」

「その掛軸のおかげで龍馬は隠れ家の土蔵から近江屋の二階に場所を移したというじゃないか。もし板倉が行かなければ龍馬は、あるいは助かっていたかもしれない」

「しかし、それだけではどうにも犯人の仲間にするのは可哀そうな気がしますね」

「なら言おう。龍馬暗殺の約一ヶ月前に、この板倉は中岡慎太郎に三百両貸しつけているのだ」

「中岡に三百両?」

「そうだ。板倉筑前介のまたの名は淡海槐堂《おうみかいどう》だ」

坂本はうなずいた。そもそもこの槐堂は文人志士といわれ、薬問屋武田家に養子に入り、長州について志士活動をしてきた男である。

「つまり薬屋の上がりを志士活動につぎ込んでいたということですか?」

「そうだ」

淡海槐堂は別名、板倉筑前介。坂田郡下坂中村(現長浜市)の医師下坂篁斎の子として生まれた。龍馬より十三歳年上になる。勤王の詩人・江馬天江は実弟である。下坂家は、中世浅井氏の家臣として活躍した豪族である。三歳にして京都の薬種商・武田家に養子に入った。武田家は「おひや薬」という薬で有名で、『都の魁』（明治十六年）という絵入りの京都案内にも載るくらい立派な薬舗だった。槐堂は志士に対し資金援助をしたが、それは、この養子縁組があったからこそ可能だったと思われる。資金援助は、政変落ちの七卿や、天誅組、長州藩などに行ったが、事実、中岡慎太郎が慶応三年十一月十一日に金三百両を借りた覚え書も残っている。

だが、この男は不吉な履歴の持ち主なのだ。実は池田屋事件にも淡海槐堂は絡んでいる。土佐の野老山《ところやま》吾吉郎《あきちろう》（輝郎）、藤崎八郎（誠輝）の二人は池田屋事件の犠牲とされている。だがこのとき二人は池田屋に集合していたのではない。同日（元治元年六月五日）、三条小橋付近で新撰組（あるいは会津藩兵とも）に誰何《すいか》をうけ、二十名に囲まれ重傷を負っているのである。このとき野老山は長州藩邸に逃れたが、二十七日刀傷で死亡し、藤崎は寓居に帰り着き、後に大坂藩営に移されるが死亡した。この二人が尋ねようとして向かっていた先が淡海槐堂（板倉筑前介）だったのだ。『淡海槐堂先生略伝』には「元治元年甲子六月五日、三条池田屋ニオイテ闘争アリ…此時ニ微傷ヲ負ヒテ逃レタル土藩ノ藤崎某ナル人ヲ先生ノ家ニテ創ヲ治シテ後ニ他ニノガレシメル」とある。つまり淡海に関わった人間が、これまで龍馬、中岡を含めると四人死亡しているのである。そしていずれも土佐藩の人間なのだ。こうしたことから淡海槐堂がスパイだったのではないかとする噂もある。その雇い主としては長州だけではなく薩摩の名も上がっている。

というのも淡海が鳩居堂七代目当主熊谷直孝を撮影した写真が、京都最古の写真として京都市有形文化財に指定されている。写真が収められた木箱に『安政六年撮影』（一八五九年）とあり、これは、この二年前に写された『島津斉彬《なりあき》像』に次いで古い写真と考えられる。西洋の写真技術を積極的に導入したのが薩摩の島津家であった。島津の御用商人の息子が上野彦馬《うえのひこま》である。板倉は上野彦馬と並ぶ写真家としても幕末史に名をとどめている。つまり板倉に写真技術を教え込んだのは薩摩藩だったのだ。このように薩摩と長州の両藩に対して太いパイプで結ばれていたのが、板倉筑前介なのである。

「この槐堂、薩長連合後は長州と薩摩の二重スパイだった可能性が高いね。だからあの日、槐堂は龍馬暗殺のシナリオに自ら参加した。誕生日祝いならぬ死の掛軸を持ってね。まるで死の儀式を執行する悔悟師《かいごし》のようだ」

「すると坂本の処分を一任してもらった中岡は結果として薩摩と長州、そして陸援隊に裏切られたということですか」

「いや連中からすれば、裏切ったのは龍馬であり、中岡であっただろう。まず龍馬は薩長連合の裏書きをしたうえ、薩土盟約の締結の場にも立ち会っている。両者とも軍事密約だ。その男が大政奉還のあと慶喜を延命させるというのだから、これは軍事的な裏切り以外の何者でもない。中岡にしても罪状はほとんど龍馬と一緒だよ。薩長同盟の立役者であり、薩土同盟の仲介人なんだ。両者ともに薩長にとっては軍事上、裏切り行為を働いたことになるだろう」

「後藤は？　後藤はどうして黒幕の一味につながるのです？」

「それは簡単だ。紀州藩だよ」

「紀州藩？」

「いろは丸事件だ。あのとき紀州藩は薩摩に仲介を頼んだのだ。そこで薩摩の五代が間に入って土佐の後藤象二郎と紀州藩の間を斡旋した。薩摩にとっては紀州藩に恩を売り、自陣営に引き込んでおきたかったはずだ。そこで薩摩は後藤に迫った。土佐海援隊をなんとかしろと。なんとかしろ、というのは抑制しろということだ。ところが今や土佐海援隊は土佐藩の制御が利かなくなっているどころか、まったく別物。つまりモンスターに成長していた。逆に土佐藩の後藤としては公武合体ではあるけれど薩長の風雲に身を置くことで、倒幕後の主導権を握っておきたいという意図があったはずだ。ここに両者の思惑は一致する。すなわち土佐海援隊と陸援隊の両隊長を処断することで海援隊と陸援隊の力を削ぎ、藩主導、つまり官僚主導で新体制を構築するという一点。それに対して彼は限りない欲望を膨らませた。だから彼らは一方の脱藩浪人集団新撰組に嫌疑をかけるように仕向けていった」

「なるほど。そうすると龍馬暗殺事件とは官僚による民間人組織への支配体制の確立とその号砲だったわけか」

吉野は深いため息をついた。思い返せば今の自分が民間人そのものではないか。刑事の頃には当たり前だと思っていたことが、今は違う。警察手帳一つあれば全国どこにでも行けたが、現実は甘くない。官僚と民間人の差。坂本も中岡もそんな悲哀を心のどこかで感じながら幕末という時のひずみのなかをまっしぐらに生き切ったに違いない。

だが……。と吉野の脳裏に群雲のように疑問が湧き上がった。

「しかし龍馬は暗号で〇〇自ラ盟主ト為リ、と書いてありますね。決して慶喜とは明記していない。そうであるならば龍馬を慶喜延命のシンボルとして処断するというのも、その効果はどうでしょうか。春嶽や容堂クラスなら話は別でしょうに」

「だから鍵は〇〇にあると俺は見ているんだ。幡上によれば龍馬はここに奇想天外な名前を入れようと考えていたというんだ。奇想天外というからには公然と語られている徳川慶喜ではないような気もするんだが、吉さんどう思うかね」

吉野はわかりませんと、首を打ち振りながら、

「そうなると、例の幡上の暗号歌ですな。さっきから見回しているんですが、青い鳥に聞け、というのはこの目の前にある千羽鶴のことかと思うんですがね」

吉野はそう言うと、坂本龍馬の墓の後ろに垂れ下がっている五つの千羽鶴のなかの一つを指さした。たしかに青い折紙で折られた鶴が墓の上を舞っているように見える。

「だろうね。俺もそう思うのだ」

坂本はそう言うと、いきなり墓の後ろに回り、青い色紙で折られた千羽鶴を外し、吉野に投げてよこした。朝露をのせた千羽鶴は、ぶるっと身震いをして吉野の顔に飛沫を弾きながら両腕の中でバサリと音を立てた。

「そのうちのどれかに鍵言葉が書かれているんじゃないかと思うのだ。吉さん、一羽ごとバラバラにするんだ」

坂本は千羽鶴を指さした。

二人は墓前にかがみ込むと、千羽鶴の解体作業を始めた。途中、参拝客が五、六人現れたが、殊勝にも二人が千羽鶴を折っていると思ったのか、怪しむ者もいない。それから、およそ三十分あまりが経過したころだった。坂本がいきなり声を上げた。

「あったぞ、吉さん」

坂本の手の中に皺だらけの紙があった。そこには鉛筆で次のような文言が認められていた。

『TINPLBNPOPZBTINSPOJTINOJCVBOBSJ』

またしても暗号だった。

②

「ユダヤ満州共和国？　初耳やな」

「出口先生。先生が満州に行かれたのはユダヤ満州共和国建国のためではなかったのですか？」

「橋本さん。ワシの造りたいのは一大宗教共和国や。あらゆる宗教が共存できる国家を建国したいのや。ユダヤ人だけの住む国家のことなら違うと言わなならんし、ユダヤ人も住める国家というならその通りやと答えるやろ」

「先生。先生の、そのご構想は秦氏と同じ万物同根の思想ですね」

「そやな」

「しかし、それはまずい。実にまずいのです。我々は大陸に共和国ではなく日本の傀《かい》儡《らい》国家を造り、そこを拠点に欧米との最終戦争に持ち込むつもりです。先生、どうか宗教共和国構想はなかったことにしていただけませんか」

「橋本さん、断る言うたら？」

「先生。私は先生の敵に回ることになります」

「今、欧米と激突言うたが、秦氏の考え方でいけば、それはありえんぞ」

「なぜです？」

「秦氏と欧米の中枢、フリーメーソンは同じ思想やで」

「先生。それがまずいと言っているのです。あまり標榜なさらんでください」

「なぜや？」

「陸軍が再び、ここを爆破する計画を極秘に進めているのです。本日、私は、ここにいる矢吹とともにそのことをお伝えしに参ったのです」

「物を壊しても、思想は不滅やで」

「わかっています。先生。我々が先生のお体をお守りしても、ここにいる矢吹の一派は黙ってはおりません。そうだな、矢吹」

矢吹作太郎は黙ってうなずいた。

「それで先生、念のため秦氏とイシヤの共通点をお伺いしたいのです」

「そんなことは自分で調べたらええがな。他に用がなけりゃ、わしは霊界物語の続きをやらなあかん。失敬する」

「待ってください。先生！」

橋本欣五郎は、その男の背中を追って思わず立ち上がっていた。

この男には、どうしても、くさびを打っておかねばならない。

③

『TIJPLBNPOPZBTINSPOJTINOJCVBOBSJ』

「また暗号だな」

坂本は折り紙の裏を凝視している。

「カエサル暗号ですか？」

「だろうな。とりあえず平文プラス一でやってみよう」

吉野は再び警察手帳を開いた。そして熊山で記したカエサル暗号表のページで指を止めると、愚直に一文字ずつ置き換えていった。

暗号BCDEFGHIJKLMNOPQRSTUVWXYZA
　　⇔⇔⇔⇔⇔⇔⇔⇔⇔⇔⇔⇔⇔⇔⇔⇔⇔⇔⇔⇔⇔⇔⇔⇔⇔⇔
平文ABCDEFGHIJKLMNOPQRSTUVWXYZ

「暗号文Tは平文のS。暗号文Iは平文のH。暗号文Jは平文のI……」

こうして綴られたのは次のようなローマ字群であった。

『SHIMOKAMONOYASHIRONISHIBUANARI』

しばらく見つめていた吉野は、平文の中に斜線を入れて区切りをつけていった。

『SHIMO／KAMO／NO／YASHIRO／NI／SHIBUA／NARI』

「下賀茂の社に渋あなり……」

吉野は「いや違う」と首をひねり、再び鉛筆で斜線を入れ始めた。

『SHIMOKAMO／NO／YASHIRO／NISHI／BUAN／ARI』

「下賀茂の社西ブアンあり、ですか？」

「下賀茂の社とは下賀茂神社のことだね。間違いない。それにブアンだ……」

「はて……」

「吉さん、幡上の使っている暗号は基本中の基本だ。しかし、それ以上に二つとも共通していることがあるね」

「それがカエサル暗号じゃないんですか？」

「いや。カエサル暗号なら一文字であろうが二文字であろうが、ずらせばずらすほど解読は困難になるのだが、幡上が使ったのは、両方とも平文プラス一だ」

「平文プラス一……」

「単純だ。暗号にしては単純すぎる。カエサルの法則とはこれかもしれん」

「カエサルの法則？」

「そうだ。平文プラス一が何か別の鍵言葉になっているのかもしれん。新政府綱領八策は平分プラス一で解けり、ということか…」

「どういう意味でしょうな」

「まだわからん。とにかく吉さん、とりあえず先に下賀茂のブアンとやらだ」

坂本は千羽鶴を集めると、それをゴミ箱の中にほうり込み、袴の裾を持ち上げながら石段を駆け降りた。吉野も律儀《りちぎ》に墓前に両手を合わせたあと、青い折り紙を懐中に入れ、それに続く。

「待ちたまえ！　坂本君！」

こうして、わらしべ長者は青い鳥を手に入れたのである。

④

下賀茂神社の西側一帯は一面蕪《かぶ》畑であった。

その蕪畑の真ん中に黒塀を巡らした屋敷があり、東側に黒い土蔵がぽつんと建っていた。二人が表に回ると、『蕪庵《ぶあん》』と書かれた柿色ののれんが風に揺れている。

「ここだ。ブアンだ」

坂本は吉野を見た。吉野もうなずいている。

どうやら蕪庵は京風の広東料理を供する店のようだった。門をくぐると庭に飛び石が置かれており、コの字型の建物が木の香りを漂わせながら凛としてそこにある。しばらくすると店の仲居と思われる作務衣姿の若い女性が現れた。

「ご予約のお客様ですか？」

「いや。予約は入れていないんだが……。実は幡上竜作さんのことで、ここを訪ねてきたんです」

坂本が言うと、その女性は微笑した。

「はあ、幡上先生のお客様ですね。では、ご予約をいただいております。さ、どうぞこちらに」

言われるままに雪駄《せった》を脱ぎ、畳敷きの上がり口に足を乗せると、若い仲居は、

「その奥を左に。突き当たりを右にどうぞ」

と、さも二人が訪れるのを事前に聞かされていたかのような口調で案内した。

薄暗い廊下を歩いていると、目の前に何本もの松の木が緑の枝を天に広げ、見事な枝ぶりを見せていた。それを横目に見ながら進んでいくと、やがて苔むした広大な庭の広がる中庭が見えてきた。

「そこを右どす」

二人は障子を開いた。すると、そこは十二畳ほどの広さの部屋で、中央に四人掛けの座椅子と円卓が置かれている。床の間には山岡鉄舟の軸が掛けられていた。坂本は、そこを背に腰を下ろすと、両手を突き上げて大きなあくびを一つ。

「妙に落ち着くな。吉さん」

「そうですかね。なんだか広すぎて落ち着きませんな」

「ほら、あそこ」

坂本は庭を指さした。見ると烏骨鶏が五羽、こちらに向かって鳴きながら近づいてくる。坂本は笑った。

「放し飼いだね」

「珍しいですな。烏骨鶏の玉子は高いそうですね」

二人が雑談を交わしていると、仲居が手拭いとコップをお盆に乗せて運んできた。

「もうすぐ女将が参りますので。何かお飲み物をお持ちしましょうか」

坂本は吉野と顔を見合わせると、短く「酒を」と言い、吉野も「燗で」と言い添えた。仲居がうなずいて出て行くと、坂本は言った。

「高そうだね」

「銭はありますか?」

「まあ、なんとかなるだろう。駄目なら庭掃除でもさせてもらうさ」

そう言いながら坂本は床の間を振り返った。そこに掛かっている鉄舟の軸は○△□と三つの記号を認めた不可思議なものであった。それを眺めていた坂本善次郎が口を開いた。

「吉さん、この○には何か別の意味があると思わんかね?」

「○にですか？　いや、私はただ単に記号として鉄舟がここに置いたのかと思ってましたが……」

「禅では○は大きな意味を持つんだ。○△□と並べると、○は円満なる魂を、△は安定を、□は頑強な肉体をあらわすというんだね。つまり健全なる精神は健全なる肉体に宿り、ひいては社会が安定する。人は健康でいるだけでも社会に貢献していることになるという意味なんだ。と同時に、人間は魂と肉体、そしてそれを結びつける接着剤、仮に幽体というが、その三者が一体となって初めて形成されるという意味がある」

「魂と肉体、幽体の三位一体ですか」

「そうだ」坂本はうなずいた。

「しかし龍馬も意味深な暗号を使ったものですな。浅いようで深い。深いようで浅い。まったく諧謔《かいぎゃく》の極致だ」

「まさしくそうだね。もし龍馬がそれを意識していたとしたら、○○には、とてつもない秘密が隠されていることになると思うが、どうだろうね」

「たとえば？」

「たとえば、薩長、幕府、相反する者たちが驚愕する人物。すべてが丸く収まる男のことだよ」

「誰です？」

「だから今はなんとも言えん、と言ってるんだ」

　この間からずっと坂本の声にはイラ立ちの色が滲んでいる。吉野は、さもありなんと話題を変えようとしたが、思いがけず反論のようになった。吉野自身も心の中でイラ立っているのだ。

「しかしですよ、あの時代にそんな人物がいましたっけ？」

「埋もれているのかもしれん。歴史上の人物とは、後世の人間が騒ぎ出したときに生まれることだってある。あの時代に気づいていても、後世、謎のベールをかけられたまま、ひっそりと歴史の森の中で息をひそめている人物がいてもおかしくはないだろう」

　坂本はそう言うと、袂から、クルミを取り出し、手のひらに乗せると、右手の手刀で二つに割ってみせた。そして半分をかじると、残り半分を吉野に差し出した。

　結局、この日は龍馬の暗号についてはこれっきりになり、あとは雑談が続いた。

　やがて障子が開き、女将と思しき女性が平伏した。

「これは、ようこそ蕪庵におこしやす。幡上先生のお知り合いとのこと、心より歓迎させていただきますよって」

　顔をあげた女将の顔は童女のように目がクルクルと動いている。

「女将さん。私は坂本善次郎。こちらは吉野正次郎さん。訳あって幡上さんのことを調べている」

「そうしますと、幡上先生の、わらしべ長者に抜擢されたのは、お二人ですか」

「抜擢？」

二人は声を揃えた。

「ご生前、幡上先生は、女将、わしはいつ死んでも大丈夫なように、わらしべ長者を誕生させる、言うておられました」

「どういう意味ですか？」と坂本。

「へえ。わしは死にたくて死ぬんやないぞ。女将、わしが死ぬときは、誰かに暗殺されたと思うてくれ。そう言ってはりました。今でも忘れしまへん。『たとえ、わしが死んでも、破壊工作と化した革命の息の根だけは止めてみせる』、そう言うてはりました」

破壊工作と化した革命……。

「息の根を止めてみせる、と言ったのですか？」と坂本。

「へえ。ぶっそうなことで」

二人は顔を見合わせた。やはり幡上竜作は、なんらかの形で革命を起こそうとしていたのである。

「吉さん。辛酉《しんゆう》革命というのを知っているか？」

突然、坂本が吉野を見た。吉野は大きくうなずいた。

「知っているも何も、赤木さんの工房で楠田先生という方から聞いたばかりですよ」

辛酉革命は一二六〇年に一度訪れる大革命のことで、その間に六十年に一度の小革命がやって来るという古代中国の予言思想であることはすでに述べた。坂本は運ばれてきたお銚子を傾けながら、

「明治維新こそが第二の辛酉革命。そうすると、その後に訪れる六十年に一度の革命とは一九二八年。つまり第三の革命の起きる年だ。ちょうど今から三年前だ。しかし明治維新も本来の革命年から数年ズレている。だから今年の三月二十二日。幡上はいよいよ第三の革命をやろうとした、それが昭和維新だろう」

「なるほど。やはりそうですか。だから革命の象徴として秦氏の秘宝を神器にしようとした」吉野は徳利を坂本の盃に傾けながら言った。

すると女将は微笑しながら、

「坂本さん。失礼ですが、幡上さんとは、どの程度のお知り合いですか？」

坂本は、さすがに隠しきれないと見たのか、盃を口に運ぶと静かに口を開いた。

「女将さん、これは吉野さんにも黙っていたんだが、俺は若かりしころ浜田海軍大将の書生をやっていた」

「では、京の舞鶴にいはったんですか」

なるほど、それで京都のことに詳しいのかと、吉野は腕組みをしたまま心のなかでうなずいた。坂本は懐手のまま遠い目をしながら、語り始めた。

「浜田大将は、いや、あのころはまだ少将だったが、俺を呼んで防具と木剣を持て、これから外出すると言う。どこに行かれるんですか、と尋ねても答えない。答えないどころか黙ってついて来いと一喝される始末だった」

「そうです」

⑤

大正十四年（一九二五）のある日。あれは快晴の日だった。

舞鶴から剣道教士として名高い一人の海軍将校が、その道場を訪ねてきた。文字通りの道場破りである。

そこの道場主は、身に寸鉄を帯びず人を制すという、これまで聞いたことのない新しい武道を興したと評判の身長五尺《しゃく》にも満たない小兵であった。彼は、いつもと変わらぬ調子で淡々と声をかけた。

「では、あなたは木剣、わしは素手でまいりましょう。さあ、遠慮なく打ち込んできなさるがよい」

将校は、向かい合った男があまりに小柄なので、かえってむっとした。ちらっとその男を一瞥すると正眼に構え、隙を見たのか風を起こす鋭さで「やあっ」とばかりに木剣を打ち下ろした。

ところが男は、一瞬速く、もののみごとに身をかわしていた。

将校の顔に、おや、という意外な感じがよぎった。将校はより慎重な構えをとり、じりっじりっと間合いをせばめつつ、機を見てさっと踏み込んだ。だが、切っ先に男の姿はまったく触れない。二の太刀、三の太刀を放つが、同じように剣は虚空を衝くばかりだ。将校は、もはや真剣そのもの。必死必殺の、異様な執念が眼の色に出ていた。そして半ば狂乱しながら、次々と息つく間もない速攻を繰り返した。

しかし、男はそのたびに、すいすいと流れるようにその姿をさばいていく。

ついに将校は、みずからの持てる力のすべてを使い果たしたのか、あえぎあえぎその場に座り込んでしまった。

……馬鹿な。俺の剣がまったく通用せんとは……。この男、ば、化け物だ。

この植芝盛平によって創始された武道とは、合気道という名の聞き慣れぬものだった。

前述のように、このとき盛平は寸鉄も身に帯びることなく、文字通り徒手空拳で剣術の達人を破ってみせたのである。

盛平はのちに、この戦いのことを坂本に振り返ってこう語った。

「なに、何でもないことだったのじゃ。浜田さんが打ち込んでくるより一瞬早く、豆粒くらいの白い光がパッと先に飛び込んできた。そのあと、白い光のとおり木剣が切り込んでくるのがよくわかった。だから、白い光さえよければ、木剣などは楽にかわすことができたのじゃ」


植芝盛平は大東流合気柔術を中心に、そのころ大本教の出口王仁三郎が唱える独特の神秘思想を取り入れ、合気道を完成させていたのである。そこに乗り込んだのが浜田少将と書生の坂本善次郎であった。立会い後、浜田は、すぐさま植芝に「この男をお預けいたします。どうか先生のお力で一人前の男にしてやってください」と申し入れたのである。


「以来、私は植芝門下の書生になったわけです」

「すると合気道を」

「まあ少しかじった程度でね」

坂本は、そう言うと、白い歯を見せて笑った。そして、こう言い添えた。

「で、しばらくして東京の本部道場に現れたのが、幡上竜作だったというわけだ」

「幡上さんも合気道を？」と吉野。

「いや、彼は知ってのとおり、柔道は玄人裸足だったが、合気道に関してはまったくの素人。私のほうが手とり足とりで指導をした側なんだ」

「まあ、そうすると坂本さんは幡上先生のお師匠さん。これはまあ失礼しました」

女将は頭を下げ、両手をついた。そして顔を上げるとこう言った。

「わかりました。これで安心しました。これから幡上さんの隠れ家にご案内させてもらいます」

「隠れ家？」

坂本と吉野が同時に声をあげた。

⑥

蕪庵の東側に建っている黒塗りの土蔵は見るからに不気味であった。

女将に案内されるまま二人が表に回りこむと、戸口の前に大きな錠前がぶら下がっている。女将はそこに鍵を差し込むと、あっさりと錠を解き、閂を左右にずらしながら外すと扉を左右に押し開いた。ギギッという音がして、カビ臭い匂いが二人の鼻腔を貫いてくる。

女将は行灯に火を入れると、その灯りで土蔵の中を照らし出した。土蔵の中を見上げた吉野は、思わずうめくように言った。

「本だ。凄まじい……」

そこにはまるで図書館のように無数の本が並んでおり、二階に上る梯子《はしご》の近くに西洋の写真集がうず高く積まれている。そのなかの一冊が落下して、中にあるアムステルダムの運河のページが開いていた。

「ここが幡上先生の隠れ家どす」

女将はそう言うと、坂本と吉野の顔を交互に見た。

「幡上先生のご遺言をお伝えさせてもらいます。先生は、わらしべ長者がお見えになったら、こう伝えてほしいと言われました」

吉野は懐中から手帳を出し、鉛筆を取ると、メモの準備をした。坂本は喉仏を上下させて、女将の言葉を待っている。女将は言った。

「龍馬の暗号の答えは、この中にある。Ｈ１２３」

「Ｈ１２３？」

吉野はメモを取りながら反芻《はんすう》した。

「女将さん、それだけですか？」

「へえ。これだけです。あとは何にも聞いておりまへん」

「Ｈ１２３……か」

坂本は蔵の中を見回した。

「また暗号か……」

「どうするね、坂本さん」

「暗号を解読するしかあるまい。女将さん、しばらく土蔵をお借りすることになるが構わんか？」

「ええ、お好きなだけ使うてください。お腹空いたら戻っておくれやす。精のつくものを用意しますよってに」

女将は笑顔でそう言うと、土蔵を出て行った。

「H１２３か。坂本さん、なんだろうね」

「H１２３という棚があるだろうか」

坂本は、行灯を手に蔵の中にある書棚をつぶさに見て回ったが、棚にそういう附番などされていない。その様子を見ていた吉野が声をあげた。

「わかったぞ、坂本さん。Hというのはブロックごとのキーワードではないだろうか」

「ブロック？」

「そうです。たとえば東の面をA、西の面をB、南をC、北をDという具合に附番するのです」

吉野は四方の壁を指さしながらそう言うと、二階に上る梯子に片足をかけた。

「そうすると二階の東の面はE、西の面はF、南はG。そして北はHです」

「北はH……。では123は?」

「たとえば一段目の二十三番目にある本ですね」

吉野は梯子を上りきると、二階に上がりこみ、「えーっと」と言いながら薄闇の中に視線を走らせた。

「あったかね?」

下から坂本が声をかけると、吉野のくぐもった声が返ってきた。

「ありました」

やがて吉野が一冊の本を手に現れた。坂本が凝視すると表紙に曲亭馬琴の『南総里見八犬伝』の文字が書かれている。

「八犬伝か?」

「そのようですね。あれ、下じゃなく上の段かな」

そう言うと吉野は一番上の棚の左から、今度は二十三番目にある本を手に取り、戻ってきた。そして見下ろした。

「竹久夢二画集第二巻ですね」

「吉さん。どうも龍馬の暗号とは関係なさそうだね」

「ブロックの附番が違っているんでしょうか?」

「そうかもしれんな。しかし鍵になる言葉がＨ１２３だけでは手の施しようもないね」

坂本は、そう言うと、両腕を組んで本の山の上に腰を落とした。その瞬間バラバラと本が崩れ落ち、床の上に数冊の本が散らばった。見ると『甲陽軍鑑』の文字が躍っている。どうやら幡上竜作は原典の写本を読み込んでいたらしい。こうした努力によって彼の該博な知識は醸成されていったようだ。

ふと見ると、『甲陽軍鑑』の下にある床に一本の溝が走っている。坂本はかがみ込んで『甲陽軍鑑』を拾い上げた。床を走る溝は五十センチごとに直角に曲がっている。つまり床が四角くかたどられているのだ。

坂本が両手で床を揺すってみると、その部分だけが左右に動いた。そして左側を拳で叩くと、中央を支点にして床はクルリと反転したではないか。その下に闇が口を開けて待っている。

「地下だ。吉さん、地下室があったぞ！」

坂本の声に吉野が転がり落ちるように二階から下りてくると、四つん這いになりながら床の下をのぞき込んだ。

「縄梯子が下がってますな。どうします？」

「行くしかあるまい」

坂本は行灯の取っ手をつかむと袴を膝の上でくくり、静かに地下室に通じる縄梯子を降りていった。ところどころレンガが崩れ落ち、土が剥き出しになっている。四角いレンガ造りの竪穴式の穴を降りていくと、北の方向に通路が見えた。

「通路だ。奥にまだ部屋があるぞ、吉さん」

坂本は縄梯子を離れると、行灯の火を頼りに通路を手さぐりで歩き出した。三十歩ほどゆくと行き止まりになっている。壁に触れてみると、ひんやりとした冷気が指先に伝わってくる。

……鉄だ。

行灯の火を近づけてみると、そこには鉄の扉があった。

坂本は取っ手を探そうとかがみ込んだ。しかし取っ手ではなく右手に溝が彫り込まれている。そこに手をかけて左側に引いてみると、扉はゴロゴロと音を立てて開き始めたではないか。

「部屋だ。吉さん、部屋があるぞ」

しばらくゆくと、今度は白いのれんがかかっている。よく見ると、のれんの向こうでランプの灯りが揺れていた。坂本は小声でささやいた。

「誰かいるぞ」

そのときだった。

「お若いの。隠れん坊の年でもあるまい」

それは老婆のものだった。

「待っておったぞ。早く入れ。ここは地獄の一丁目じゃ」

老婆の笑い声につられるように坂本と吉野は、のれんをくぐり、四畳半ほどの部屋のなかに足を踏み入れた。すると部屋の中央に机があり、老婆はその上にかがみ込んで一冊の本を読んでいる。赤いちゃんちゃんこを着て、頭には、べっ甲の簪《かんざし》。そして顔には白い白粉《おしろい》。唇には紅を引いている。老婆はランプの灯りの中で黒い歯を見せて微笑すると、二人に椅子に座るようにいった。

「遅かったな。おふた方」

「あなたは？」

「花房日風水と申す婆じゃ」

「はなふさひふみ？」

「H１２３じゃ」

「ああ、なるほど」

坂本は手を打った。

「HはHANAFUSAのH。１２３はひふみ、そうかお婆ちゃんがここで待っているという暗号だったのか」

坂本は、ほっとした顔で吉野を見た。しかし吉野は緊張からか、すっかり黙り込んだまだ。

「ずっと待っていたんじゃ」

老婆は、坂本のよく光る目を見つめた。

「そう。幡上竜作が死んでから、ずっとここにいた。救い主が必ず来ると幡上竜作が予言しておったからの」

「救い主？」坂本は、おうむ返しに問うた。

「そうじゃ。お主らのことよ」

「どうして我々が救い主なのですか？」

吉野の口調は硬い。

「偽の革命を止めるからじゃ。知ってのとおり幡上竜作は革命を起こそうとした。第二の辛酉革命に続く六十年に一度の第三の革命じゃ。しかし幡上は、逆に周囲の暴走を止めねばならない立場に追い込まれた」

「誰ですか、周囲とは？」

「昭和陸援隊じゃ」

吉野はメモを取り出した。花房日風水は続けた。

「つまり思想的対立が起きたのじゃ。幡上竜作は革命後に女性にも参政権を持たせると言うておったが、昭和陸援隊からの猛反対にあって、この考えは宙に浮いた」

坂本善次郎はアゴを撫で回しながら詰問するような口調で訊ねた。

「陰陽道では、男が陽ならば、女は陰。しかし陰陽合一させれば、人となる。つまり神社に置かれてある鏡は、反転の暗示じゃ。万物は鏡に映せば反転する。それが陰と陽。しかしそれは鏡に映しただけのこと。本質は変わらぬ。大事なことは鏡の奥を見ることじゃ。それを陰陽合一と呼ぶ。陰陽は合一するところに万物は生まれる。万物とは自然。本質のことじゃ。男と女は役割こそ違っても、対等の立場にある。その陰陽道の自然の姿、太極の動きを日本の政治に取り入れるべきじゃという、わしの意見に幡上は共感してくれた」

「女性の参政権？」

「花房さん」

吉野は老婆の言葉を遮るように割って入った。

「あなたは一体、何者なのですか？」

すると突然、花房は一編の詩を口ずさみ始めた。

「私は最初であり最後の者。

私は名誉を受ける者であり恥辱を受ける者。

私は娼婦であり聖なる者。

私は母であり娘。

私は不妊の女であり多くの子どもを持つ者。

私は陣痛を苦しむ者であり痛みを和らげる者。

私は花嫁であり花婿。

私は無学であり人々は私から学ぶ。

私は誰にでも聴き取れる者であり理解されない言葉。

私は話すことのできない者であり私の言葉は膨大。

私に静かに耳を傾ける者は、私について激しく学ぶ者である」

その妙な詩が終わるか終わらぬかのうちに、坂本は言葉を投げかけていた。

「花房さん、そりゃどういう意味ですか？」

花房は鼻で、ふふんと笑うと、詩については一切触れようとしなかった。

「このあたり一帯はわしの土地じゃった。いや、それも三年前の話じゃ。今ではこの土蔵と少しばかりの蕪畑があるだけじゃ」

「失礼ですが、幡上さんとのご関係は？」

「蕪庵の女将に会うたじゃろう」

老婆は吉野に妖しく笑いかけた。

「店に幡上が客として訪れ、気に入った女将がわしに紹介した。わしは幡上が革命を起こすというので、その心意気に打たれ、この土蔵を提供してやった。ただそれだけじゃ」

「女将は、なぜ、あなたに幡上さんを紹介したんでしょうね」

　吉野の言葉に坂本もうなずいた。

「わしはずっと以前から京の秦氏について研究しておった。幡上もそうじゃということを知って、女将が引き合わせたのじゃろう」

「秦氏の研究？」吉野はメモに鉛筆を走らせた。

「そうじゃ。明治維新が秦氏の革命じゃったことに思い至ったわしの話を、幡上は興味深く聞いてくれた。あれはわしにこう言うた。『ならば先生。次に私が起こす革命も秦氏による革命でなければなりませんな』と」

「やはりそうか」

　坂本と吉野は思わず顔を見合わせた。

「そして幡上さんは秦氏の神器を熊山遺跡に見つけることに執念を燃やした。そうですね、花房さん」

「いよいよ革命に向けて決起する寸前に幡上は命を失った。そういうことじゃ」

「誰が殺したのです？」

「すでに答えはお主らの記憶の中にあるはずじゃ。それよりも幡上が、なぜわしにお主らが来るのを待っていてほしいと依頼したのか、その理由を知りとうないのかえ？」

「いや、知りたい。教えてくれ」

坂本は身を乗り出して、机の上の占盤《せんばん》を両手でつかんだ。

「その鍵はこれじゃ」

老婆はそう言うと、水晶の球を指さした。ランプの灯りに照らされた水晶は妖しく輝きながら、そのなかに黒い墨文字を浮き上がらせている。坂本と吉野は水晶玉をのぞき込んだ。そこにはこういう文字が浮かび上がっていた。

『HI20211619260０』

「なんだ？　これは……」

坂本は思わず呟いた。

吉野も首を傾げている。坂本はしばらく水晶玉を見つめていたが、やがて口を切った。

「花房さん、教えてもらえませんか。この意味を！」

「それはできぬ」

「なぜ」と吉野。

「救い主の知恵は人から与えられたものではなく、己の中から湧き上がってくるものでなければならぬ。もし、お主らにこの暗号の意味がわからねば、救い主ではないからじゃ」

「試験ですか」坂本は両腕を組んで椅子に座りなおした。

「試験などという生やさしいものではない。もし解けねば、生きてここから出さぬよう幡上から頼まれておる。わしが机の下の仕掛けを動かせば、この土蔵は一瞬にして崩れ落ちる」

「馬鹿な」吉野の声が裏返った。

「そんな馬鹿な、馬鹿な、と思うているうちに、人間は死んでいくもんじゃ。お前もその一人じゃな。さあて、時間は三分。この砂時計が落ちたときが、お主らの命運が尽きたときじゃ」

「くだらん」

　吉野は憤慨して立ち上がろうとしたが、坂本善次郎は押しとどめた。

「吉さん。この婆さんには死ぬ覚悟が出来ている。我々にその覚悟があるのかと幡上は迫っているのだよ」

「どうして？」

「どうやら偽の革命とやらが進行しているらしい。それを止めるには命を賭けなければならないということだろう。そうだな婆さん」

「察しがいいな。優男。ほら、砂が落ちていくぞ。早くせねば三分などあっという間じゃ」

老婆の手元で、前方後円墳を逆に立てたようなガラスの容器の底に向かって青い砂が、さあっと吐き出されていくのが見える。砂時計だった。

「急ごう。吉さん」

坂本は、水晶玉に顔を寄せた。

「おそらく数字を文字に変換する仕組みだろう。法則さえ見つければいいんだ」

「法則……」

吉野も呟いたあと、黙考をはじめた。その二人の様子を老婆はまるで水槽のなかの熱帯魚の動きを楽しむかのような眼差しで見つめている。ときどき「くっ」と喉を鳴らし、こみ上げる笑い声を抑えているのがわかった。

「吉さん、ここだ」

突然、坂本善次郎は水晶玉を指さした。

「見てくれ、HI20211619２600、のここ」

坂本の指は二番目の「I」と六番目の「1」の間を行きつ戻りつしている。

「このIと1の字体が違う」

「ということはエイチ・イチではなくて、エイチ・アイということですか」

「おそらくそうだろう。エイチ・アイ、つまりハイ、あるいはヒ。そして数字の羅列だ」

坂本は、ちらと老婆の瞳を盗み見た。しかし目を閉じており、感情の揺らぎは幕を下ろしたかのように伝わってこない。

「吉さん、英語のＨＩというのは至高の存在をあらわすんだ」

「そうすると２０２１は？」

「吉さん、それよりＨＩのつく英単語は？」

「ハイライト……」

英語のhighlightには、圧巻とか、ヤマ場という意味がある。

「違うな。待て待て、待てよ。この暗号はアルファベットに対応しているはずだ。吉さん、アルファベットをメモして、そこに附番してくれ。それとこれまでの暗号のキーワードはプラス一だ。念のためプラス一で処理してみてくれ。この場合、26＋1は27じゃなく1に戻るんだ」

吉野は、すぐさまメモ帳の余白に次のように書き込んだ。

暗号	暗号'		平文'	平文
B	2	⟷	1	A
C	3	⟷	2	B
D	4	⟷	3	C
E	5	⟷	4	D
F	6	⟷	5	E
G	7	⟷	6	F
H	8	⟷	7	G
I	9	⟷	8	H
J	10	⟷	9	I
K	11	⟷	10	J
L	12	⟷	11	K
M	13	⟷	12	L
N	14	⟷	13	M
O	15	⟷	14	N
P	16	⟷	15	O
Q	17	⟷	16	P
R	18	⟷	17	Q
S	19	⟷	18	R
T	20	⟷	19	S
U	21	⟷	20	T
V	22	⟷	21	U
W	23	⟷	22	V
X	24	⟷	23	W
Y	25	⟷	24	X
Z	26	⟷	25	Y
A	1	⟷	26	Z

砂時計はすでに半分の量になってしまっていた。残る一分半で解かねばならない。

「クソ」

忌々しそうに吐き捨てると、坂本は吉野のメモ帳の上の暗号に視線を落とした。吉野は鉛筆を動かしながら、

「数字一つにアルファベット一つ。数字二つがアルファベット一つに対応しているのか。どちらでしょうね。2か20か……」

砂時計は、すでに三分の二が落下しており、残りは一分となった。

「さあて、一分を切ったぞ」

老婆の声に二人は一瞬顔を曇らせたが、すぐにメモ帳に視線を落とした。

「吉さん、数字一つにアルファベット一つの対応策でいくぞ。暗号の2は平文ではアルファベットのAだ。するとHI20はHIA0だ。だが0という附番はない。とすれば数字二つがアルファベット一文字に対応していることになるな。吉さん、暗号の20はアルファベットではなんだ?」

坂本は砂時計を見た。

残り三十秒。

「20は、えーと……」

吉野はメモ帳を見つめている。

「残り十秒」

　老婆は笑っている。吉野は顔をあげた。

「20はSだ。坂本さん」

「するとＨＩ２０２１は、ＨＩＳ２１。ヒスだな。じゃあ残る21は？」

「残り五秒」

「えーと、21はTだ。坂本さん、ＨＩＳＴだ」

「ヒスト……」坂本は口中で繰り返した。

「残り二秒」老婆の声は、くぐもっている。

「ヒスト……。そうかわかった。吉さん、ヒストリーだ」

　吉野はメモ帳に鉛筆を動かした。

「ＨＩＳＴＯＲＹ００。坂本さん、ゼロゼロがわからん！」

「残り一秒！」

「ゼロゼロはゼロゼロだ！　婆さん、解けたぞ！」

　坂本が怒鳴ったのと砂時計が完全に落下したのが同時だった。

「それで答えは？」

「ヒストリーゼロゼロだ。これが答えだ」

「意味は？」

「意味？　歴史００だよ」と坂本。

すると老婆は意味ありげに笑いながら、天井を指さした。

二人は思わず天井を見上げた。

「どういうことですか？」

立ち上がった吉野が老婆を見下ろしたときだった。坂本は何かに打たれたように声をあげた。

「そうか。上だ。吉さん、上に歴史の棚があったか？」

「歴史の棚？　あった。二階にありましたよ」

「それだ。歴史の棚のゼロゼロ」

「００？」

「００、そうか、これだ。わかったぞ。吉さん、上だ。行こう！」

坂本善次郎はそう言うと、吉野の襟首をつかむようにして部屋を飛び出していった。

あとに残された老婆は二人の背中に微笑を投げかけた。そして小さく唇を動かした。

「……」

⑦

「ここですよ」

吉野が指さした二階の本棚の、その先には「HISTORY」と書かれた手書きのラベルが貼られていた。それは五段でできた棚の一番下の一角であった。たしかに古事記、日本書紀などの歴史書が並んでいる。

「ゼロゼロというのは……」

吉野は、かがみ込んで右手の人差し指で本をなぞっていく。

「吉さん、ゼロワンが古事記とすれば、ゼロツーは日本書紀ということだね」

「ということは……」

吉野は、しゃがんだままの姿勢で坂本を振り返った。

「ということは、多分ここだ！」

坂本は「古事記」を抜き取ると、左側の本棚の壁を拳で叩き始めた。すると本棚の壁が粉々に砕け散った。どうやら、そこだけ陶器がはめ込んであったらしい。

坂本は陶器の破片を押しのけながら、棚の中にできた空洞に手を突っ込んだ。

「見ろよ。あったぞ！」

坂本は一冊の本をつかみ出し、それを吉野の目の前に突きつけた。

「なんと書いてあるんでしょうね」

吉野は埃《ほこり》をかぶった本の表紙に息を吹きかけたあと、指で払いながら、そこを凝視した。

『軍書合鑑写本《ぐんしょごうかんしゃほん》』と流暢な筆文字が躍っている。

「軍書合鑑……」

坂本と吉野は同時に呟いていた。初めて目にする表題であった。

「坂本さん、ご存知ですか？」

「いや、初めてだ。しかし幡上はこの本に龍馬の暗号の秘密を託していたんだ」

坂本は軍書合鑑と書かれた書物をパラパラとめくり始めた。

「どうやら徳川義直《よしなお》の著作のようだな。これは……」

「徳川義直？」

「尾張徳川家の藩祖だよ。家康の九番目の子どもだ」

吉野は手帳を取り出すと、メモを始めた。

「尾張徳川といえば、たしか禄高は六十一万九千五百石でしたね」

「よく知ってるな」

「城が好きなもんでね。尾張は金の鯱《しゃちほこ》の名古屋城が居城でしたな。そうか藩祖は義直でしたな。しかし、なぜこれが龍馬の暗号の秘密を握っているんですかね」

「わからん。ただ徳川幕府を守る御三家のうちの一つだからね。幕府の根幹を揺るがすような何かが書かれているのかもしれん」

坂本の言うように尾張家は紀州、水戸と並ぶ御三家の筆頭である。その尾張徳川家の代々の藩主にだけ伝わる秘伝書が、この『軍書合鑑』であった。

ふと坂本は軍書合鑑の表紙の裏側に目を留めた。そこに一枚の紙片がはさまれていたのだ。

「これは？」

「矢吹作太郎の履歴だ」

古びたわら半紙の上に墨筆で矢吹の履歴が記されている。矢吹の出身地をはじめ、父親の経歴、そして家族構成までが記載されていた。筆跡は、おそらく幡上のものだろう。

「矢吹の親父は幡上鉱業の開発主任だったんだな」

坂本はメモを指さした。吉野は眼鏡越しに視線を落としながら、

「明治三十年四月十日に親父が亡くなっている。矢吹は翌年一月十一日に生まれているんだ」

「親父の顔を知らずして生まれ落ちたわけですな」

「しかし、なぜ、ここに矢吹の履歴があるのか、だな」

吉野は、ただひたすら警察手帳にメモを走らせている。やがてメモを終えると吉野は坂本を見た。

「坂本さん、思い出した。例の花房の婆さんの妙な詩は、幡上が遺書に残していた詩の一節ですよ」

「なんだって？」

「問いつめましょう。それに『軍書合鑑』を読むには時間がかかりそうだ。それより、あの花房さんから聞き出したほうが早い」

吉野の言葉にうなずくと、坂本は本を手に立ち上がり、梯子を降りて、床下に身をひそめた。吉野も手帳を口にくわえたままそれに続いた。やがて鉄の扉を開き、白いのれんを払いのけると、例の一室にたどりついた。

「いない!!」

坂本は吉野を振り返った。見れば、ランプの光が風に揺れている。

「逃げたか！」

坂本は舌打ちをすると、部屋のなかを見回した。吉野が机の下をのぞき込むと、さらに床にぽっかりと穴が開いている。

「ここだ！　ここですよ」

二人が覗き込むと穴の側面で白い縄梯子が揺れている。

「地下だ。この下にまだ地下道があるんだ。婆さん、ここから逃げ出したに違いない！」

「どうします？」

「追いつめるんだ！」

坂本善次郎は『軍書合鑑』を懐中に押し込むと机の下にもぐり込んだ。

⑧

平安京創設以来、結界を張り巡らして魔界の侵入を拒んできた京都であった。が、それ以前には秘密の抜け道を利用して、都を自在に行き来していた人物がいる。それが小野篁《たかむら》である。小野篁は朝廷に仕える官僚であったが、その一方で地獄の閻魔《えんま》大王を補佐する地獄の番人であったといわれている。東山の鳥辺野《とりべの》の六道辻《ろくどうのつじ》に位置する六《ろく》道珍皇寺《どうちんのうじ》の井戸にもぐり込んだ彼は、地獄にたどり着いたあと、福生寺の井戸から再び地上に姿を現したという。つまり秘密の地下道を掘り、そこを日夜通り抜けては貴人たちの動向を探り、情報を収集していたのである。

その小野篁の抜け穴に下賀茂一帯に続く支道があることは知られていない。ひんやりとした闇の中を手探りで歩きながら坂本は吉野を振り返った。

「吉さん、今どのあたりだろう」

「さあて、相当南に下って来たはずですが……」

吉野の声が闇の中に響いた。その途端、ポツリと冷水が坂本の首筋を打った。地下水だった。

「おっとお！」

突然、坂本善次郎は奇声をあげ、立ち止まった。

「行き止まりだ」

「いや、縄梯子だ！」

吉野の言うとおり、地下道は上に伸びており、そこで縄梯子が揺れている。おそらく花房日風水はここから地上に出たに違いない。坂本が五段、六段と登っていくうちに、天井から日の光が差し込んでくるのがわかった。どうやら板でふさがれているらしい。坂本は蓋を押し上げて、地上の様子を見回した。そして絶句した。

「吉さん、ここは……」

「……」

「吉さん、ここは御所だ！」

「御所？」

吉野は坂本の顔を見上げたまま硬直した。二人は御所の内部にある秘密の通路を通ってここまでやって来たのである。

「どうする？　上に行くと護衛がうるさいぞ」

「しかし花房が……」

「静かに。今、人が通る。おそらく警固の者だ」

坂本は蓋を閉め、息を殺した。

足音が玉砂利を踏みしめながら通り過ぎてゆく。その足音が遠ざかるのを待って坂本は口を開いた。

「幡上は、隠れ家と御所を自在に行き来していたらしいな」

「どういうことでしょう」

「御所の職員、いや女官に内通している者がいた。それがあの婆さんだったんだ」

「女官……どうしてまた」

「奴は革命を起こそうとしていた。それは御所を巻き込んだものだったのかもしれん。たとえば……」

「たとえば？」

「天皇の京都送還」

「京都送還？」

「つまり京都遷都だ」

実はもともと江戸時代の中期、京の都から東に遷都《せんと》する案を天皇家にもたらしたのは国学者・賀茂真淵《かものまぶち》であった。

賀茂真淵は封建的な儒教を廃し『万葉集』『日本書紀』『古事記』の記された上代・万葉の精神を日本の思想とした人物だ。

彼は言う。

「(今の京都は天皇のために)いとわろき所なり、さて思うに皇都は東にうつされましかば、天下《あました》平らかにして、御いきおい盛になりぬべし」

では賀茂真淵が天皇に、京都は悪い、東にお移りなされといったのは、なぜか。それは彼に気学の知識があり、そこから判断して、天皇という「霊的個人」にとって、天下を統一するためには東の方位が吉であると見たからである。

また賀茂真淵に続き、農政学者の佐藤信淵《さとうのぶひろ》も、『宇宙混合秘策』という本の中で、日本を八つに分類し、大坂を西京、江戸を東京として全国を統一しろと語ったのである。

佐藤信淵は天文・地理・暦算・兵学にまで通じた人物で、神道思想家でもあった。ちなみに暦算とは占術のことで、いわば佐藤は江戸時代の神秘主義者であった。

結局、明治維新後、天皇は彼らの主張である東西二都論を取り入れ、東京に散歩に出たまま京都に帰らず、今に至っている。

幡上たちは、その天皇に京に帰っていただこうとしたのではないか、と坂本は言うのだ。

その坂本は足元を確かめながら再び蓋を開けた。

「まずい！」

また足音が近づいてくる。二人は息を殺して、それが通り過ぎるのを待つ。

吉野が口を開いた。

「どうします？上へ行くか、また戻るか」

そのときだった。

「誰だ!?」

怒声とともに蓋が開き、警棒が突き入れられた。先の丸くなった棒は坂本のこめかみスレスレのあたりを通り抜けると、さっと上に引き抜かれた。と同時に、痩身の男がのぞき込んできた。

「何をしておるか、貴様ら」

「我々は怪しい者ではない！」

坂本は叫び返したが、ドヤドヤという足音が迫り来る。

「吉さん、逃げろ！」

坂本が縄梯子を降りるのと、痩せた男がドンと尻もちをついて落下したのが同時だった。

「そうはいかんぞ。おとなしくせぃ！」

男は坂本の胸ぐらと吉野の襟首を捕まえると息を荒げながら仁王立ちになった。そして上に向かって呼ばわった。

「おおい、ひっ捕らえたぞぉぉ！」

⑨

「いよいよ海軍の次は陸軍軍縮条約を列強が迫って来ると、今や陸軍の連中は恐慌を来たしております。愚かなことに近いうちに決起するでしょう。それも三月二十二日ごろです」

男は正座したままそう言うと、庭で五分咲きになった桜の木のほうに視線を投げた。

「散るのも桜ですが、しかし生きているからこその桜でもありましょう。最初から散ることを本願にして、ああいう風に育っているわけではありますまい」

「いや浜田さん、桜の中には散ることだけがすべてやっちゅう勇ましい桜もおりましょう。散ったあとに土の上で咲いている桜もあります。人に踏まれながらも花びらを広げておる桜も」

「泥の上に咲く桜ですか……」

裏手の道場の方から受身を取る音が響いてくる。

「しかし浜田さん、陸軍の連中は、そもそも自分が桜だとは思うてはないのと違いますか？」

「では、何だと言うのでしょうな」

「真っすぐに伸びていく竹のつもりでしょうな」

「桜ではなく竹ですか」

「そうです。桜なら自然と散ってくれましょう。それに散り際も鮮やかですが、竹はそうはいかん。竹の子のように続々と我も我もと決起する者は増えてゆくでしょうな。放っておくと竹は増え続ける。やがて日も射さない場所ができ、そこに闇が造り出される」

「闇ですか」

「そうです。今、その陸軍の闇の中に分け入ったのは二人」

「坂本君と誰です？」

「吉野正次郎という警視庁の特高の男です」

「うまく竹を切り落としてくれますかな？」

「大丈夫です。坂本の鋭い頭脳が陸軍という竹を切り落とすでしょう」

「連絡は？」

植芝は黙ったまま首を振った。

「そうですか。植芝さん。海軍は全力をあげて二人を支援する用意がある。いつでも言ってください」

謎かけ問答のような会話はそこで終わり、海軍大将の浜田は何事もなかったかのように立ち上がった。

「少し稽古をさせていただきます。最近、体がナマってきている」

「結構ですな。軍人の鍛錬は常在戦場でなければなりません。しかし、これみよがしに鍛錬すると、いつか実践で使いとうなってくる」

「陸軍に多いのです。そんな輩が……」

「とにかく、あと五日。五日以内にカタをつけねばなりませんな」

植芝の両目には、妖しい光が宿っている。

浜田は会釈をすると道衣を脇に抱え、道場に続く廊下を大股に歩き出した。

⑩

紫宸殿《ししんでん》の中の一室だということはわかった。

だが、この暗闇に閉ざされた世界は、果たして同じ京都なのだろうか。吉野は思わず周囲を見回していた。三畳ほどの狭い部屋に押し込まれた二人は、しばらく息を殺して外の気配をうかがっていたが、やがて坂本善次郎のほうから口を切った。

「まるで座敷牢だな」

坂本善次郎は、かすかに揺れる蝋燭の灯りに目が慣れてきたのか立ち上がり、周囲の壁を両手で押して回った。

「駄目だな。ビクともしない」

「どうするつもりでしょうね。ヘタすれば京都府警あたりの厄介になるんでしょうか」

「さあね。御所に不法侵入したからには、煮るなり焼くなり好きにしてもらう以外はなかろう」

坂本がため息をついて再び腰を落としたときだった。

「坂本さん！　文箱だ」

吉野が蝋燭に照らされた床の一角を指さした。見れば黒塗りの表面をかすかに輝かせながら、そこに高さ三十センチほどの文箱が置かれている。引き出しは三段ある。坂本は一番上の引き出しに手をかけ、そっと手前に引き寄せた。

そこには古びた文書が納められていた。表紙には『新政策』という標題が墨文字で記されていた。坂本は文書を手に取ると、紙背に徹するような視線を注ぎ始めた。それは明治政府の宗教政策をまとめた玉松操らの提言書であった。

それによると新政府は徳川幕府以来、優位にあった仏教を神道の下部組織にするため神仏分離を宣言しなければならないという。ただし神道には教義がないため、国家神道として育成する必要があり、唯一それを可能たらしめるのは神道を天皇教に改変するときのみである、というのだった。そして坂本の目を次の一節が釘づけにした。

『参考とすべきは耶蘇教の教義なり。ゼウスは父・子・聖霊の三位一体《さんみいったい》により神となる。したがって神州日本においても父なる天御中主大神《あめのみなかぬしのおおみかみ》、子なる天帝、聖霊なる天照大神の三位一体により天帝すなわち神となり、ここに祭政一致の前提成立す』

「天皇の三位一体か……」

坂本は顔を上げて呟いた。たしかに明治政府の行った天皇の神格化によって祭政一致が実行に移され、明治以後天皇は絶対不可侵という厚いベールに覆われ、ついに天皇絶対主義が確立されていった。その前提がキリスト教カトリックの教義にあったとは……。それにしても、なぜここに、このような書物が置かれているのだろうか。坂本龍馬と宗教政策が何か関わりがあるというのだろうか。

「手紙だ。坂本さん、手紙の束が入っています」

文箱の中をのぞいていた吉野が小声でささやいた。そして、一通の手紙を蝋燭の灯りに照らしてみた。すると表面に赤い落款《らっかん》が捺《お》されているではないか。しばらくそこを凝視していた吉野は、まるで何かに撃たれたようになった。

「どうした？」

「坂本さん、これは中御門経之《なかみかどつねゆき》が保管していた手紙の束だ」

「中御門？」

「維新の立役者の公家ですよ。岩倉具視と朝廷の連絡役をしたと言われていますが、事実は逆で中御門経之が岩倉を使って維新の汚れ仕事をさせていたんです」

「そんな人物の手紙が……」

坂本は四つん這いになると吉野のそばに頭を寄せて、その文箱の二段目、三段目と次々に開いていった。そこには、やはり手紙の束が隠されていた。

「どういうことでしょうね」

坂本は黙ったまま引き出しの二段目の中にある一通の封書を取り出し、薄闇の中に広げてみた。

「達筆だな……」

しばらく文面をながめていた坂本は、「ええっ？」と驚嘆の声をあげ、もう一度、文面に視線を投げると、低く、くぐもった声で吉野に呼びかけた。

「吉さん……吉さん、こいつは凄い。これは中岡慎太郎が岩倉具視に宛てた手紙だ。そいつが、どうやら朝廷の中御門経之のところに転送されたらしい」

「何と書いてありますか？」

吉野は自分の読んでいた手紙から顔をあげると、口唇を少し震わせるようにして坂本を見た。坂本は、うなずいた。

「坂本龍馬と越前・松平春嶽の秘密会談の内容をスッパ抜いている」

そう言うと、坂本は手紙の一節をささやくように声に出して読み上げた。

「『梅太郎と春嶽公の会談の一部始終は尾張藩祖徳川義直の『軍書合鑑』に費やされるも、その意図するところ、はなはだ危険。梅太郎仮に、この一書を踏まえ、天下に論を唱えるなら、形勢すなわち公武に奔り、薩長両藩も闇に葬られるものと存ず……』」

「つまり例の軍書合鑑のなかに薩長の息の根を止める何かが書かれている、ということですか」

「おそらくそうだろう。これ以上詳しい内容には踏み込んでいないが、中岡が相当な危機感を抱いていたのは確かだ。見ろ、ここにこうある」

『軍書合鑑写本一部。これ春嶽公より梅太郎に下されし物なり。岩倉卿に問う。軍書合鑑の真贋及び藩主に対する拘束力の有無。早急に吟味すべきものなり。あるいは軍書合鑑を坂本より奪い去るべき方法について打ち合わせの議が必要かと存ずる。石川』

「わかるか吉さん」

「軍書合鑑をめぐる暗闘が、龍馬と中岡、岩倉の間であったたんですね」

「おそらくそうだろう」

坂本は、うなずいた。手紙はその後半のほとんどが中岡の近況と大政奉還の情勢に費やされており、それらが端的で実に怜悧《れいり》な文書で認められている。

突然、かがみ込んでいた吉野が顔を上げた。

「こっちはもっと凄い。坂本さん、こっちのは岩倉具視から中御門経之に宛てた手紙です。読みますよ。

『軍書合鑑の秘密に関してその一端を把握するに至る。近々会談予定。同内容について薩藩承知。以下伝聞に依る。春嶽公、坂本に言う。「之天下妙案ナリ。薩長、幕府、帝、また公武合体諸藩一切異を唱えること能ハズ。陰陽両面の策を講ズル事ニ依リ、形勢一挙に逆転ス」陰陽両面ノ策トハ新政府綱領中ニアル伏セ字也。早急ナル解明是非ヲ問フ余地ナシ』

わかりますか？」

「ああ」坂本は乾いた声でうなずいた。

文中に出てくる才谷、石川はそれぞれ坂本龍馬と中岡慎太郎の偽名である。しかし岩倉は後段において、才谷梅太郎ではなく坂本の本名を書きなぐっているのである。相当慌てている様子だった。

手紙の内容は、つまりこういうことだ。慶応三年十月。坂本龍馬は越前に行き、そこで松平春嶽と秘密会談を行った。中岡が入手したところでは、その場で話題の中心になったのが『軍書合鑑』のことで、この内容が坂本龍馬によって喧伝《けんでん》されたなら、薩長はおろか、朝廷も公武合体派も手が出せなくなる。つまり驚天動地の奇策を坂本龍馬が用意した。そしてそれは陰と陽の二つの策からできあがったものだ。早急に対応しなければすべてが水泡に帰す。そういう火急の事態を岩倉が中御門経之に報告しているのである。

「坂本さん、こっちは……。龍馬の暗号のことだ。これも岩倉から中御門経之です。読みますよ」

「『総裁トセズシテ盟主ト表記スル如何。余熟考の末ニ思ヒ到ル。即ち『〇〇〇自ラ盟主ト為リ』全体が陰謀也。盟主は総裁ヨリその権威強し。而シテ盟主と朝廷トヲ分離スルモノ也。天帝を除クガ故に〇〇トセズ。是希代の陰謀也。坂本画策セシトコロ、日本国に天帝ヨリ強権強大ナル王を作リシ事也。〇〇〇の中心人物ヲ薩摩小松帯刀、陸援隊長石川清之助等鋭意探索セシガ難行難題也』」

つまり、この手紙が訴えていることは、龍馬の新政府綱領八策の盟主とは、天皇を超える強力な権限を有する日本の王の誕生を意味しており、これこそがまさに坂本龍馬の陰謀である。故にこの〇〇に当てはまる人物が誰なのかを、薩摩の小松帯刀と陸援隊の中岡慎太郎が早急に調査している。だが、思ったより難解で、今のところまくいっていないという報告である。

「こっちもそうだ。岩倉から中御門経之にあてた手紙だ。日付は十一月六日、吉さん読むぞ」

　坂本は小声で、ささやくように文面を読みあげた。

「『……即ち坂本作りし、新政府綱領八策の伏せ字には陰陽二種とさらに陰陽合一の一種、つまり計三種の秘密が隠されしもの也。大久保以下の薩摩之者、まず陰の暗号を解けり。さらに中岡配下之者陽の暗号を解けり。余、陰陽合一の暗号を解けり。仰天の内容につき密書ではなく会談を持つ必要あり。従前の場所にて待つ。十一月八日午の刻』」

　坂本は手紙から顔をあげた。

「吉さん、薩摩と陸援隊、そして岩倉は龍馬の暗号を解読していたんだ！　しかも暗殺の九日前のことだ……」

「暗号の秘密は陰と陽、それに陰陽合一の三種あるというんですね」

　……そうか。それで花房日風水は陰と陽が合一したときに万物が生まれると言ったのか。つまり陰陽合一は万物を生むための秘策ということだ。大事なことは鏡の奥にある、か……。

　吉野は喉仏を上下させて坂本を見た。坂本は巻紙の裏に貼りつけられている紙片を開き、そこを凝視している。しばらく沈黙が続いたが、やがて顔を上げた。

「吉さん」坂本はそう言うと、黙って手紙の裏の紙片を差し出した。そこには流麗な文字が躍っていた。

『追伸

元治元年十二月二十六日以後の坂本の行動について小松より報あり。坂本修験者に身をやつし備前熊山に登山。熊山山頂に奇妙なる三段石積みの戒壇あり。修験道修行とは偽り也。現地発掘作業を密かに行いし形跡あり。随行雲井龍と名乗りし巨漢一名。秦氏の秘儀探索の恐れあり。要警戒。』

坂本龍馬の人生のなかで謎の四ヶ月といわれている時期がある。

それは元治元年（一八六四）十二月二十六日から慶応元年（一八六五）四月四日までの四ヶ月間のことで、神戸海軍操練所の閉鎖が決定し、小松帯刀によって薩摩藩邸にかくまわれていたあとの行動が不明なのである。一説によれば、この時期に上海へ密行したり、薩摩藩を経て長崎に潜伏していたのではないかと言われている。だが岩倉の手紙によれば、坂本龍馬はこの時期のどこかの段階で備前の熊山に登っていたというのである。

岩倉は中御門に言う。

行方不明となった元治元年十二月二十六日以後の龍馬の活動内容が判明した。小松帯刀によれば修験者に変装した坂本龍馬は雲井龍なる巨漢の男を従えて備前熊山に登り、そこで山頂にあるピラミッドの発掘調査を行った形跡がある。その結果、秦氏の秘密を掌握した恐れがある。警戒を要すべし。

「坂本さん、この雲井龍は山田藤吉ですよ」

「藤吉？」

「そうです。近江屋で殺された龍馬の用心棒です。彼は相撲取りを廃業したあと、京の料亭で働いていたのですが、早くから龍馬と交流があったようですな。熊山発掘に随行していますね」

「龍馬も熊山に魅せられたというわけか……」

「もしかすると坂本龍馬も藤吉も、熊山遺跡の秘密を知ったことが露見して暗殺されたのでは……」

「あり得るな……」

坂本はかすれた声でうなずいた。

結局、あとの三通の手紙は時候の挨拶程度のものであった。

「吉さん、いずれにしても坂本暗殺の鍵はこの軍書合鑑と秦氏の秘宝にある、と考えていいだろうね」

「しかも岩倉の慌てぶりは尋常じゃないですな。それにしても、おかしいとは思いませんか？　我々が幽閉されている場所に朝廷の秘密文書が置かれているなんて」

「俺もそう思う。これも何かの仕掛けだろうか」と坂本。

「幡上の、ですか？」

「わからん」

坂本が首をひねったときだった。

扉がゆっくりと開き、外の光がさっと差し込んできた。

「誰だ？」坂本は声を投げた。

「もういいじゃろう。謎は解けたはずじゃ」

その声は花房日風水のものだった。だが花房日風水の姿は見えない。

二人は急いで立ち上がると、光の方に駆け寄った。光の向こうに女官の姿をした一人の老女が立っている。

「あんた女官だったのか！」

「そうじゃ。陛下が、いつお帰りになってもよいように、ここを守っておる」

花房は廊下の向こうで手招きをしている。

「こっちじゃ。よいか、蛤御門を出て西に行け。そこに護王神社がある。その境内に一人の子どもがいる。その子に合言葉を送れ」

「合言葉？」

「暗号じゃ。よいか合言葉は軍書合鑑じゃ。さすれば幡上竜作からの招待状が手に入る。わかったな。急ぐがよい」

そう言うと花房日風水は身を転じ、小御所から姿を消した。入れ替わりに警固の者の足音が小御所に響いた。

「逃げ出したぞ。追え！」

坂本は吉野の背中をポンと叩くと、小御所の階段をさっと飛び降りて、玉砂利を踏みしめた。

「逃げたぞ！」

「吉さん、急げ！　走れ！」

おうと短くうなずいて、吉野は坂本の背中を追いかけた。ザザザザッという玉砂利の音が小御所の周辺で激しく交差した。

坂本は脇目もふらずに蛤御門をめざした。後ろから五人。いや、追っ手はさらに六人に増えたようだ。だが、彼らはまるで鶏でも追い立てているのではないか、と思うほど、その足取りは緩慢である。

坂本と吉野の差が五メートル。さらにその後方の警固団との距離は十メートル。やがて坂本は息を切らしながら右に折れると、そのまま真っすぐに蛤御門へ突っ込んだ。

「よ、吉さん……急げ！」

門外で立ち止まると、坂本は後方を振り返った。胸を反らしながら吉野が走りこんでくる。その後方にいた警固団は二人が蛤御門を出たのを確認すると急に立ち止まり、全員が右手を警帽の庇のところにあてている。

「奴ら敬礼をしたぞ」

坂本は吉野の背中に手をかけながら後方を指さした。

「一体、どうなってるんでしょうか……」

「わからん。しかし我々は御所から追い出されたことだけは確かだ」

吉野はぜいぜいと肩で息をしながら、蛤御門の前でうずくまってしまった。

「吉さん、あれだ」

坂本は蛤御門の西側にある鳥居を指さした。鳥居の周辺を白壁の塀がめぐっており、鳥居の両側には猪の像が向かい合っている。風変わりな神社だった。

⑪

護王神社の境内に入り左右を見回すと、正面に神楽殿がある。その奥に社殿が建っていた。社殿の左側手には一本の大木があり、これは、いわゆる神の依代《よりしろ》といわれる御神木であった。ここに祈願すると猪の神の恩恵によって足腰が丈夫になるというのだが、それは、もともとこの神社が和気清麻呂を祭神としていることと深い関係があった。というのも第一章で述べたとおり、弓削道鏡事件の折に、宇佐八幡宮のご神託を受けるために出向いた和気清麻呂が途中、山中で足が萎えて動けなくなったのである。そのときに三百頭もの猪があらわれ、和気清麻呂を救ったという故事来歴に基づいている。

「猪は秦氏のことだそうですね。楠田先生が、そう言ってましたよ」

楠田によれば中国の猪信仰が秦氏によって日本に伝来したのではないかというのである。先にも触れたように、どうやらこの三百頭の猪とは、猪を聖獣と見る秦氏を中心とした山人の集団であったようなのだ。

吉野はお参りをすませてから坂本に笑いかけた。

「楠田先生によれば、平安京の造営責任者が和気清麻呂で、その手足となって動いたのが秦氏だったというのですよ」

「つまり京の都は秦氏によって造られたということだな」

「そうですな。幡上はその京都に再遷都しようとした。いわば秦氏による辛酉革命を企んでいた。ところが、なんらかの理由でそれが封殺された」

「あるいは昭和陸援隊によって抹殺されたのかもしれん」

坂本が振り返ったときだった。境内には誰もいない。しかし社殿を背に鳥居の右側に茶店があり、そのなかの座席に子どもが一人腰をかけていることに気がついた。

「あの子が、きっとそうだ」

坂本と吉野はうなずき合った。近づいてみると、その子どもは小学校三年生ぐらいで身長は一四〇センチ、痩せた体に袴姿である。だが顔はわからない。というのも頭から黒い覆面をかぶっているのである。そして目の部分から鼻にかけて、簾のようなものが垂れ下がっており、その表情や顔色さえ見通せないのである。ともかく奇妙な風情であった。

「坊主、こんにちは」

坂本の挨拶にも少年は反応を示さない。前を向いたままだ。吉野がやんわりと言う。

「おじさんたちは花房というお婆さんに言われてここにやって来たんだけど、ここに子どもが待っているというんだ。きっと君のことだと思うんだけどな。違うかな？」

「……」少年は相変わらず無言のままだ。

「なんでそんな覆面をしてるんだ？」

坂本が無遠慮に訊ねたが、少年は沈黙で押し通した。

「坂本さん、合言葉だ」

「そうか。例のあれか。坊主、聞けよ。ぐんしょごうかん。ぐんしょごうかんだ」

すると少年はうなずいた。そして短く低い声で「徳川義直」と答えてみせた。

二人は顔を見合わせてうなずいた。軍書合鑑は先にも触れたように藩祖・徳川義直の手による尾張藩の秘伝書である。どうやら合言葉は通じたらしい。しばらくすると少年は懐中から一通のボロボロになった手紙を取り出した。

「これを」

坂本は受け取ると、そこに記された文字を凝視した。

『写・昭和陸援隊隊長へ』と記されている。

坂本は封書を破らないよう慎重に開くと、中から一通の書状を取り出した。薄汚れて皺だらけである。

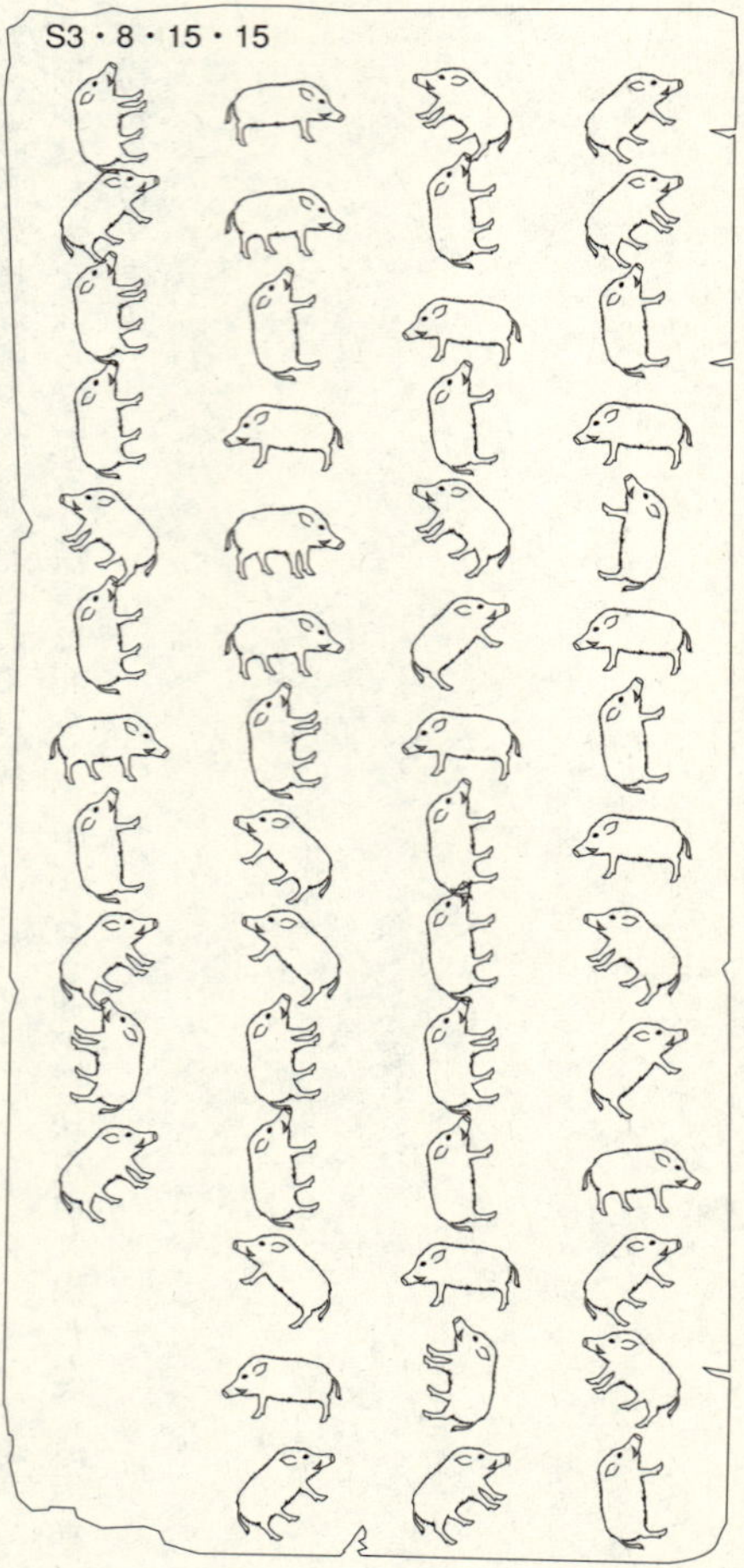

そこには猪が思い思いの格好で踊っていた。

「また暗号だ……」

吉野は便箋を受け取りながら、

「花房さんは、たしか幡上からの招待状と言ってましたな。表書きが『昭和陸援隊隊長へ』となっている以上、これは矢吹作太郎に対する招待状ということではないですか。しかも見てください」と吉野は便箋を指さした。

「ここにS・3・8・15・15とあります。Sは昭和とすれば、昭和三年八月十五日十五時ということでしょう。つまり午後三時。ちょうど五人の修験者が熊山に登った日付と同じです。坂本さん、熊山に彼らを呼び出していたのは矢吹じゃなく幡上だったんですよ」

「そうか。実際のところは、幡上が矢吹に招集をかけて熊山に呼び出していた。ところが矢吹は五人の仲間にも、あえてピラミッドの前に午後三時に集まるよう指示を出し、そして十分たっても幡上が来なければ下山するよう命じた。そういうことだな」

「おそらくアリバイ工作のためでしょう。ところがわからないのは、この踊っている猪だ。どういう意味でしょうな」

イギリスの作家アーサー・コナン・ドイル（一八五九～一九三〇）は、この踊る猪に匹敵する絵の暗号文書『踊る人形』をシャーロック・ホームズシリーズの中に登場させている。これは一九〇三年のことである。

……幡上はドイルを意識したのだろうか。

もし坂本の推測どおりなら、事はたやすい。というのもドイルの暗号の場合は、頻度分析という手法を使えば比較的簡単に平文を突き止めることができる。頻度分析とは、こういうことだ。統計学上、英語でもっとも使用頻度が高いのはアルファベットのEだ。だから英語で書かれた『踊る人形』の中に登場する絵のなかで最も多いパターンにE、その次に使用頻度の多いA、O、I、Nなどを順に当てはめていけばよいのだ。だが、日本語の場合はそうはいかない。頻度分析が通用しないので、かえって面倒なことになる。

坂本は眉根に皺を寄せて踊る猪の絵を見つめていたが、やがて少年を見た。

「坊主。誰に頼まれた？」

「大人」

「大人はわかっている。婆さんか？ 花房の婆さんに頼まれたのか」

少年は首を振った。そしてこう答えた。

「備前堂に行け！」

「備前堂？」

坂本と吉野は顔を見合わせた。

「どこの備前堂かね？」

吉野が問いかけると、少年は呟くように言った。

「東京の西荻窪」

「西荻窪？」坂本は口中で西荻窪……備前堂と繰り返していたが、やがてうなずいた。

「坂本さん、どうします？」

「うむ」

坂本はしばらく考え込んでいたが、やがて少年の肩に手を置くと、柔らかな口調でこう訊いた。

「ところで、なんでそんなものをかぶっているのかね？」

少年は間髪を入れずに、「火傷《やけど》」と短く答えて、それきり黙りこんでしまった。

「そうか。大変だな。わかった。坊主、もう行っていいぞ」

坂本は、懐中から銭を取り出し、小さな右手に握らせると肩を二度、三度叩いた。

すると少年は立ち上がった。

「気をつけてな」

「行かせるんですか？」と吉野。

「ああ。子どもにゃあ関係のない話だ。それより幡上の、この踊る猪の暗号を解くことだ」

「それに軍書合鑑の謎も解かなけりゃなりませんぞ」

「吉さん、どうだろう。いっそのこと昭和陸援隊隊長に奇襲をかけてみては？」

「奇襲？」

「今あるネタを奴にぶつけてその反応を見るんだ」

「会うでしょうか」

「会うだろう。幡上からの招待状を見せれば会わざるを得ないと思うがね。その前に吉さん、俺は会っておきたい人がいる。野暮用があるんだ。一足先に旅館に戻って一風呂浴びてくれ。なんなら一杯やっておいてくれんかね」

野暮用と言われて、ことさらに詮索するのはそれこそ野暮というものだった。あるいは舞鶴時代の女にでも会いに行くつもりかもしれない。吉野は黙ってうなずくと、御所の空を見上げた。

青い空の一角に北東の方角から暗雲が立ち込め始めている。

手の中には踊る猪の群れ。思わずそれを握りしめた吉野は、慌てて皺を伸ばし始めた。皺の中の猪は、まるで見えない檻の中に閉じ込められているように見えた。

……この猪の群れは一体、何を告げようとしているんだ……!?

不安げな表情で吉野が振り返ると、坂本は呟くようにこう言った。

「心配するな。俺に秘策がある」

第五章　秘密伝承

①

京都市亀岡。大本教の本部。

神殿の奥にある一室で坂本善次郎は正座をして、その人物を待っていた。突然、押しかけたにも関わらず、取り次ぎの者は旧知の友人を迎えるかのように、この部屋に案内してくれたのだ。正面の床の間に掛軸が掛かっており、そこには墨筆で「うしとらのこんじん」と大書されている。脇を見ると、出口なおと署名がされていた。出口なおは、その待ち人の義母である。

「坂本はんか!?」

虎の舞う障子が勢いよく開き、巨躯《きょく》を揺すりながら一人の男がいきなり入ってきた。

出口王仁三郎であった。

神秘の巨人宗教家という評判の高い大本教の総帥・出口王仁三郎は、大正十三年（一九二四）二月、政府から受けた第一次大本教弾圧事件の出獄中に日本を密かに脱出。大陸に世界最大の宗教国家を造ろうという野望を果たすためモンゴル地方へ行き、そこで盧占魁《ろせんかい》という馬賊の頭領とともに活動する。しかし、同年六月パインタラにて張作霖《ちょうさくりん》の策謀により銃殺されかかったが、奇跡的に、のちに合気道の開祖となるボディガード役の植芝盛平らとともに無事に解放され、帰国している。一宗教家でありながら、まさに波乱万丈の人生を送っている人物である。

「久しぶりやな。植芝はんは元気かいな」

怪物という異称にふさわしい雰囲気が、その茫洋とした風貌に漂っている。その風貌から発せられる言葉の滞空時間は長く、嫌でも耳に残る。実は植芝から指示を受け、坂本自身、約一年ばかり出口王仁三郎の護衛を兼ねて書生として派遣されていた時期があった。

「はい。最近は夜を徹して、真剣で組太刀の稽古が続いています」

「真剣で？　約束稽古か？」

「いえ。文字通り、打ち合わせなしの真剣です」

「命懸けやな。それでええ。神力いうのんは、命賭けた者にしか授からんのや。気持ちええことだけしておったり、楽して力つけたろ、いう奴には一厘も授からん。それでえのんや。さて、それで今日は何用かいな」

「先生。イシヤのことについて教わりに参りました」

「イシヤ？」

「そうです。秦氏とイシヤの共通項が、どこにあるのか、それをご教授いただきたいのです。その前にこれを」

坂本はメモ用紙を一枚差し出した。

出口王仁三郎の顔から微笑が消えた。そこには〇〇〇と三つの丸が記されていた。

「これは？」

王仁三郎は顔を上げ、片目をつぶってみせた。

「この丸に何か重要な意味はありませんか？」


しばらく紙片を見つめていた王仁三郎は、ふいに顔をあげ両眼を細めながら、

「今、坂本はんが、秦氏とイシヤと言うたから、それで思い出したわけやけどな。古代イスラエルでは、円は神とつながる神聖な場所をあらわしておるのや。せやから円を三つ重ねたら、それは絶対神聖なる場所。その暗示やで」

古代ユダヤでは、数字の三は森羅万象をあらわしており、自然、生存、繁殖、調和を暗示していると言い伝えられている。そのことに触れたあと、王仁三郎は続けた。

「あるいはキリスト教でいえば、父、子、聖霊の三位一体をあらわしておるのやが…

……」

「三位一体……ですか？」

坂本の問いかけに王仁三郎は大きくうなずいた。

……待てよ。秦氏は原始キリスト教徒だった。すると龍馬の、あの三つの丸はキリスト教につながる何かの秘密が隠された暗号ではないのか⁉ そこにイシヤが絡んでくる。そういうことなのか⁉

坂本は衝撃を受けた頭を一度振り、体勢を立て直すように両肩を揺すったあと、

「では、先生。秦氏とイシヤはどうですか？」

「秦氏とイシヤなあ。それと同じことを、この間な、ここに聞きに来たのがおるで」

「……誰ですか、それは？」

王仁三郎は腕組みをしながら苦笑した。

「橋本欣五郎と矢吹作太郎っちゅう男や。一人は陸軍。もう一人は実業家と聞いとる。満州の件でいろいろと動いておるらしい」

坂本は一瞬、両眼を見開いた。

「その男たちが、なんでまたイシヤを……」

「さあて。陸軍にとっては秦氏とイシヤに共通点があると困るんちゃうか？ 秦氏は日本の神道を造り上げた。一方のイシヤは国際的な秘密結社や。日本固有のモンが実

はそうでなかったりすると、陸軍は困るんちゃうのかな。日本の存在基盤が、うでぐり返ってしまうからなあ。奴らは慌てなあかん。秦氏とイシヤに、それを感じ取ったのやろ。それで動きよるんじゃなかろうか。実業家のほうはよう知らん」

そういうと王仁三郎は鋭い視線を坂本の瞳に投げ込んできた。

「ははぁん、坂本はん、あんたも、もしかしたら岡山の熊山に登ったんちゃうやろか」

図星だった。王仁三郎は、そのエビス顔を引き締めながら、うなずく坂本の肩をポンポンと二度叩いた。

「あそこはワシも二、三度登ったことがあるが、文字どおりの聖なる霊山や。あそこにピラミッドがあるやろ。あれ、秦氏が造ったもんやぞ。秦氏も石工集団やったんや。あの部族には巨石信仰があったんやな。それに、たたら師とも関係しとる。鉄の民やな。一方のイシヤは石屋。石工のことや。イスラエルという国が古代に存在したのやが、その第二代の王ソロモンの下に集まった石工集団が、その知恵と技術を後世に伝えるために作った、いわば秘密結社のことや。フリーメーソン、略してメーソンなどと呼ばれておる。たしか一七一七年に英国で復活したらしいが、それまでは地下で活動しとったな。なにしろ連中は反ローマ教会、反カトリックやさけ、長い間、ローマ教皇と抗争を繰り広げておったらしい。もちろん今もそうや。というのも中世暗黒時代にぎょうさんの科学者が弾圧を恐れてフリーメーソンに入会したんや。あえていうなら、科学と信仰、物理と精神の熾烈な戦いや。彼らはイエス・キリストを人間やと思うとる。ローマ教会はそうやない。神や、と主張する。しかもメーソンは、イエスには女房子どもがおったと考えとる」

「女房？」

「そや。マグダラのマリアや。イエスに塗油した女や。しかも磔刑と復活のときに立ち会うとった。しかもマリアに子どもがおったっちゅう伝承が仏国に伝わっとるそうや。神に女房、子どもはまずいやろ」

「マグダラは娼婦に非ず、ですか？」

「そや。マグダラのマリアは最初、多神教的な信仰を持っておった。それがイエスに出会ってイエスの教えに目覚めた。唯一信仰から見れば多神教徒はさまざまな神とともに寝食を共にするという意味で娼婦という喩《たと》えを用いたりすることがあるが、実際のところ多くの男たちの前で踊ったり、神降ろししたり、あるいは性交を持った可能性は否定でけん。しかし、それはカトリックの見方や。グノーシス主義っちゅう知恵を重視する一派からすればマグダラは尊い女性やった」

この王仁三郎の説は二十世紀後半に入って続々と発見されたグノーシス文書によって裏付けられることになる。ちなみに、グノーシスとは知恵のことである。

「なるほどマグダラを娼婦に仕立てたのはローマ教会、すなわちカトリックというこ王仁三郎はうなずいた。

「すると先生。この詩はマグダラのマリアと関係がありますか?」

坂本は吉野から預かった手帳を懐中から取り出すと、ページを開き、そこを読み上げた。

「私は最初であり最後の者。

私は名誉を受ける者であり恥辱を受ける者。

私は娼婦であり聖なる者。

私は母であり娘。

私は不妊の女であり多くの子どもを持つ者。

私は陣痛を苦しむ者であり痛みを和らげる者。

私は花嫁であり花婿。

私は無学であり人々は私から学ぶ。

私は誰にでも聴き取れる者であり理解されない言葉。

私は話すことのできない者であり私の言葉は膨大。

私に静かに耳を傾ける者は、私について激しく学ぶ者である」

しばらく両腕を組んでいた王仁三郎は、首を斜めに傾けて天井を見上げたのち、ふふんと笑い声をあげ、こう言った。

「あんた、どこでそれを勉強しはったのや。それは古代ユダヤの知恵の女神ソフィアの言葉やで。『雷：完全な精神』という題名の文書。そこに記されとる一節や。実際はもっと長い。あんたも気づいたやろうが、その詩は反転の詩や」

「反転の詩？　ですか」

「そや。相反する言葉がつないであるのや。大事なことは、『私は花嫁であり花婿』っちゅう言葉や。これは、どういうことや。坂本はん、わかるやろ。ええか？　ユダヤの神は男神であり、女神なのや」

「ユダヤの神が男神であり女神……ですか……」

「というのも、この女神ソフィアこそが、ヤーウェと表裏一体なのや。ただし、これは秘伝やで」

そう言うと王仁三郎は、聖書の翻訳者がこうした神にまつわる秘事を隠蔽したのやと言い添えた。

「あのな。ヤーウェのもう一つの神の名エロヒムは、女性の複数形なのや。ええか坂本はん、聖書の神は、かつてこう言うた。『我々にかたどり、我々に似せて、人を造ろう』。だから我々に似せて、神はアダムとイヴを造りはったのや。ところが、聖書の翻訳者はうっかりここに唯一神であるはずの神が、男女二神であることを白状してしもうた。隠し通せなんだのや」

　王仁三郎の言うとおり神のもう一つの名エロヒムは女性単数形のエロアに男性複数形のＩＭをつけ加えて造られたものである。したがってユダヤの神エロヒムは、女性であり男性。そして子どもを産むことのできる神であった。

「それゆえ古代ユダヤでは、女神ソフィアは救世主と関係の深い神で、ヤーウェと同等の神とされておるのや。つまり表裏一体やさけ、見方を変えたならソフィア神は男神ヤーウェでもあるわけや」

「なるほど、男神と女神は陰陽合一して一体となるか……」

「そうや。それでイエスは父なる神ヤーウェに、マグダラは、この古代ユダヤの女神ソフィアにたとえられたんや。カトリックからは娼婦の如く中傷されたのやが、実際は暗号になっておる。それが今、坂本はんが読んだソフィアの言葉『私は娼婦であり聖なる者』や。ソフィア神の言葉を知っとる者は、これを思い浮かべる仕組みになっとるさけ、マグダラが娼婦と呼ばれても、いやいやマグダラは尊い女性やったということにピンとくるが、これを知らなんだら、なんや娼婦やったのか、とまんまとカトリックの術中に嵌《はま》る。そういう仕掛けや」

「なるほど」

「なんでマグダラが娼婦か、というとやな、原始キリスト教社会でも、公に男性と食事に参加する女性は保守的な男からすれば、娼婦やないかと、中傷されとるのや。あの頃、そういう宴席に出る女性というのは話題の豊富な、少し男好きのする女性が多かった。それで娼婦呼ばわりされとったのやが、マグダラのマリアもイエスとの食事にも積極的に参加したのやろ。それで厳格なペトロあたりの保守的な弟子から娼婦扱いされたのやな」

「そうか。そういうカラクリでしたか……」

坂本の中で例の幡上の遺言の詩と『マグダラは娼婦に非ず』という言葉の謎が解けていったが、しかしまた新たな疑問が湧きあがってきた。では、なぜ幡上がそれを強調する必要があったのか……。疑問の海に沈もうとする坂本に手を差し伸べるかのように出口王仁三郎は続けた。

「イシヤ、つまりフリーメーソンは、そのマグダラのマリアを崇拝した。それはバチカンに対抗する意味もあったのや。せやさけ、ローマ教皇にとっては、不倶戴天《ふぐたいてん》の敵やが、最近ではメーソンがカトリック内部に相当喰い込んどるようやな」

「では先生、秦氏とフリーメーソンはどうですか？　石工集団以外の共通項がありますか？」

「ある。フリーメーソンにはいくつかシンボルがあるが、その中に神社の鳥居を使うたもんがある。これがすべてを物語っとるのや」

「あれは横浜ロッジのシンボルとして考案されたんじゃないのですか？」

「秘伝や。最後の審判と秦氏は関係しておる、とワシは見ておるのや。世の終わりが来ることを預言者のイエスは見抜いておった。そこでマグダラのマリアに命じて最後の審判に立ち上がるイエスの信徒集団を養成したのや。旧約聖書では神の救いは東から来るということになっとるんや。そやさけ、最後の審判の舞台になる中東から遠く離れた東の場所。つまり極東の地に行き、そこでイエスの教えを伝え残していくように、とイエスが命じたわけやな。極秘計画の実行や。イエスが二千年たっても人々の記憶に残っているのは福音書があっただけやない。その手はずを組んでおったからこそ人々はイエスのことを片時も忘れなんだのや」

「それが秦氏ではないかと」

「そういうことや。もっと言えば最後の審判を救うのは日本人ちゃうか。わしはそう考えとるのや。というのも、秦氏という名は後付けや。彼らは文字通りイエスの密命で東へ旅立ったわけやから、もともと『救世主の民』と称しておった。それが日本にたどりついて秦氏になったのや。秦氏は日本と日本人を対象にして最後の審判の救世主養成に取り組んだ。それが多神教や。どうも最後の審判っちゅうのは世界中で巻き起こる宗教対立に端を発するようや。それで、どの宗教にも対応できるように、秦氏が良い意味で日本人を洗脳しよったんや。フリーメーソンはどうやら、そのことを嗅ぎつけておったのやろ。あるいは連中の秘伝にそのことがあるのやもしれん。なにしろ秦氏とフリーメーソンには最大の共通項があるのや」

王仁三郎は腕組みをしながら恐るべき秘事を解き明かし始めた。

「それはやな、こういうことや」

②

――昭和三年七月十五日。

その小柄な初老の男は坂本善次郎の突きをかわすと、入り身という技法を使い、すれ違いざまに鎖骨の一点に当身を入れてきた。次の瞬間、自分でも知らないうちに両足がぽんと宙に舞い上がり、坂本は畳の上に激しく落下していた。

「これが入り身投げじゃ。幡上さん、やってみるがええ」

初老の男に言われ、一度平伏した白帯の幡上竜作は畳の上に立つと、坂本善次郎に正対した。坂本は右拳を腰に引きつけ、間合いを取ると、幡上に向かって稲妻のような速さで突き入れた。

「いえい！」

まともに腹部に当身を食らった幡上竜作は後方にぐしゃりと崩れ落ち、そのまま海老反りながら両目を白黒させ始めた。

「はっはっはっ」

初老の男は大笑いしながら幡上を起こすと、背中をポンポンと叩いて気を入れている。そしてこう言った。

「幡上さん、ワシの合気道は愛の武道じゃ。そしてこれが秘伝といえば秘伝。すなわち愛があるから相手の行動が読める。愛があるから肉体よりも速く動ける」

男はそう言うと、微笑を浮かべてみせた。その唇から発せられた言葉は鋭いが、たしかに胸に響いてくる。男は続けた。

「愛があるから肉体よりも速く届く。愛は戒めもするが、慈悲の役目も果たす。殺してやろう。やっつけてやろうだけではいかん。愛の精神で相手を大きく包み込む。武は愛なりの精神じゃ」

そう言うと、男は坂本善次郎に片手を差し出した。

「思い切り握ってみい」

坂本が両手で男の右腕にしがみついた途端、体は宙に吹き飛ばされていた。幡上の目には、まるで坂本が雷の直撃を受けたかのように見えた。

「ええか。相手をやっつけてやろうとする力は、全部自分にはね返ってきよるのや。だからこっちは相手の力をお返しするだけでええのや。無理して力と力で争うてはいかん。どっちもが滅びる。わしの合気道は正しく勝つ武道や。わかったか？」

初老の男は名を植芝盛平と言った。植芝はそれだけ言うと道場を後にした。その後ろ姿に向かって上半身を折るように平伏した坂本の前で、幡上はあぐらをかきながら笑いかけた。

「坂本さん、武は愛なりとは凄まじい言葉だね。だいたいそうだろう。武は相手を滅ぼすためのものじゃないか。それが愛とはね」

「盛平先生は昔、俺にこんなことを言ったよ。イエス・キリストは右の頬を殴られたら左の頬を差し出せと言った。しかし、わしの合気道はもっと凄い。右の頬を殴らせる前に相手を抑え、非を認めさせる。つまり右の頬を殴らせるという最初の罪さえ犯させぬようにする。これが合気の極意だとね」

坂本は汗を拭いながら、袴姿のまま畳の上に正座した。

「最初の罪さえ犯させぬようにさせる。それが極意か。なるほど坂本さん、あんたは今の日本についてどう思う？」

「どうって？」

「人は平等かね。人は幸福かね？　政治家は民衆を慈しんでいるのかね？　革命が必要だと思わんかね？」

「革命？　幡上さん、俺は植芝門下に入って気がついたんだ。人生とは自分に革命を起こすことだと」

「自分に革命を？」

「そうだ。社会的革命より大事なことは自己革命だ。こういう俺だって最初は、武は愛なりと言われてもよくわからなかったが、今じゃ、なるほどと思うことが多いんだ」

「坂本さん、聞こう。武は愛なりとは、どういうことだ？」

幡上は身を乗り出した。坂本は言う。

「それは結ぶ心だ。敵対している者同士を結び、自然を結ぶ。互いに結び合う心のことだ。今はそう解釈している」

「結ぶ心？」

「結ぶは産《むす》ぶとも書く。つまり物事を生み出す力のことだ。相手を殺すのではなく生み出す。活用する。その心のことだよ」

「……」

……殺人ではなく活人。破壊ではなく生産、創造か……。

心中で繰り返し呟いていた幡上竜作は、突然、正座をすると坂本に両手をついた。

「坂本さん、今度、昭和陸援隊の隊士をここに連れてこようと思うが、植芝先生に了解してもらえるよう君から頼んでくれないか」

「昭和陸援隊？」

坂本は居ずまいを正した。

「我々の組織の一つだ。荒くれ者の集団だ。山に入りゃあ手裏剣だの、殺人技術だのの訓練ばかりやっている。あいつらを連れてきて心を入れ換えてやりたいんだ」

「まあ、そういうことならお助けもしよう。それより幡上さんもいろいろと交流が広いね。たしか岡山出身だと聞いたが、そういえば岡山弁が出ないね」

「何、岡山弁というのは便利な方言で、語尾さえ変えれば大阪弁にも東京弁にもなるという寸法じゃ」

幡上は、そういうと笑ってみせたが、すぐに真顔になった。

「それはそうと坂本さん。実はやろうと思っていることがある。今は身を屈しているのだが、いずれは……と思っている。二年後、でかいことをやるつもりだ」

「大望は結構だが、お互い体は一つ、命も一つだ。つまらぬことで落とさぬようにしようじゃないか。大愛の精神がなければ、どんな大事も世間の見せ物にされて終わりだ」

坂本は、そう言うと、一礼して道場を引き上げた。

「結局、あの日が最期だった」

東京に向かう夜汽車のなかで坂本善次郎は吉野正次郎に、いなり寿司を勧めながらそう言って寂しく笑った。昭和海援隊と昭和陸援隊は目指す方向性の違いから折り合いのつかないところまで亀裂を拡げていたのである。

「すると坂本さんは昭和陸援隊と接触する機会を目前にしていたんですね」

「ああ」

坂本はうなずいた。

「幡上は、武は愛なりという植芝先生の言葉に衝撃を受けていた。もしかすると彼らが起こそうとしていた革命の形や方向性も植芝先生の、この言葉で変わっちまったのかもしれん」

「それが女性参政権の付与ですか？」

吉野は花房日風水の言葉を思い出した。

「つまり破壊型の革命ではなく、平和革命を起こそうとした。坂本さん、そうなると彼が切り札にしようとした新政府綱領八策の〇〇〇が誰なのか、ということですな」

「そこだ。吉さん、少し冷静になろうじゃないか。また蒸し返すようだが、なぜ〇は三つなのか？　二つでも構わんだろう。いや一つでもおかしくはない」

吉野はウイスキーの入った瓢箪を戻しながら言った。

「それは慶喜公のように〇〇公とか〇〇侯という尊称を加えて三文字になるからじゃないですか？」

「なら侯だけ漢字で書いてもいいじゃないか」

坂本は、そう言うと微笑した。

なるほどと吉野は後頭部を叩かれたような思いがした。坂本の言うとおり龍馬の暗号が慶喜をはじめとする諸侯を計算に入れたものなら○○は○○公、あるいは○○侯という具合に書かれていてもおかしくはない。しかし龍馬の暗号は○○と、丸三つを重ねているのだ。

「もしかすると、ここに意味があるのかもしれん」

坂本は瓢簞を持ったまま窓の外を流れる闇に目をやったが、すぐに吉野に戻した。

「吉さん、どう思う?」

「どう思うといわれても……」

正直、吉野は三つの丸、それ自体に何か意味が隠されているなどとは思いもつかなかった。それは蕪庵の雑談を思い出すまでもない。しかし吉野も道中考えてきたことを口にした。ここのところ年若の坂本に主導権を握られていることが片腹痛くもあったからだ。

「たとえばですね、龍馬は選挙制を意識していたといいます」

「選挙?」

坂本の目が光った。

「そうです。だから諸大名が必ずしも盟主になればいいと思ってはいなかったのではないですか？」

「だから○○侯とは書かなかったと言うんだね」

「そうです。民主主義の世の中であるからして、必ずしも諸大名が盟主とは限らない。あくまで選挙の結果ですから」

「しかしその発想は西郷や桂に受け入れられないだろう。まして土佐の後藤や陸援隊の中岡慎太郎にも」

「そうです。そういう事情を加味した龍馬が、あえて○○侯とせずに、○○○と丸三つですべてを包含しようとしたのではないですかね。○○○としておけば、諸大名でも諸大名以外の人間にでも当てはまりますから」

「では○○殿でもいいわけだ」

「それはそうですが……。しかしそれなら肝心な人物を排除することになる」

「肝心な人物？」

坂本は両腕を組んだ。そして両目を細めた。

「誰だろう？」

「龍馬自身ですよ」

吉野はしてやったりという顔で坂本を見た。

「選挙制ならば龍馬も盟主になれます。そうした野望が隠されたのが龍馬の暗号であり、例の新官制擬定書ではなかったか。今、私はそう思いますがね」

「ということは候補者はいても、選挙をしなくては誰が盟主になるかはわからないわけだ」

吉野は大きくうなずいた。

「そのことは坂本龍馬にも当てはまるな」

「そうです」

「ならば松平春嶽と龍馬の秘密会談で取り沙汰されたテーマに、中岡や岩倉が大騒ぎしたのはなぜかね」

「それは選挙制度そのものが彼らにとって禁じ手だったからではないですか？」

「選挙に反対した？　そういうことかね？」

「と思いますがね」

「吉さん、民主主義とは多数派工作をしたものが勝ちを収める仕組みでもあるんだ。薩長がその気になれば閣僚の頂点を牛耳ることなど、わけがないと思うがね」

「しかし春嶽公の発言力は無視できません」

「ならば春嶽公を暗殺すれば済む話だ」

「春嶽公は大名ですよ。そう、やすやすと暗殺はできないと思いますがね」

「ならば、なぜ龍馬に標的を絞ったか、だ」

「それは、龍馬は無防備だったからでしょうね」

「なるほど、無防備か、警固がついているか、いないか、の違いか。すると暗殺する側にとって春嶽と龍馬の人物評価そのものは同等だったということかい？　なら大したものだな。脱藩浪人が大名と同じぐらい恐れられるとは……」

「いや、そういうわけでは……」

吉野は言葉に詰まった。たしかに人間は平等であるはずだが、江戸時代の大名と脱藩浪人が同等ということは、いくらなんでもあるまい。

③

車窓を流れる民家の灯りの数が増え、市街地が近づいたことを暗示している。乗客の大半は眠り込んでおり、時には婦人の笑い声が車両の奥の方から響いてくるだけだ。

「何かわかりましたか？」

吉野は何気なく問うた。京都で別れて以来、坂本の顔から笑いが消え、何かを深刻に考え込むようになった。もしかすると女にでも振られたか……。

すると意に反して坂本は、手にした軍書合鑑から顔をあげた。

「軍書合鑑の件だがね」

坂本は真剣な表情でそう言うと、『軍書合鑑』の写本をパラパラとめくり始めた。

「ここだ」

吉野は、ふと巻末のあたりの一節に不思議な文字の羅列があることに気がついた。うなずいた坂本はその部分を指で指し示した。

『依㆓王命㆒被㆑催事』

「わかるかい!?」

周囲の乗客に気を遣っているのか、多少小声であったが、それは興奮を抑えているかのようでもあった。

「王命に依り催される事……」

吉野はおうむ返しに繰り返した。

「どういうことでしょうね」

「王命とは天皇の命令ということだ」

「それが催される事とは？」

「天皇の命令がすべてだということだ」

「まさか。尾張家は御三家筆頭ですよ。つまり徳川幕府の急先鋒だと言ってもいい藩です。幕命とあるならわかりますが、王命とは合点がいきませんな」

「しかしここに、そう書いてある。藩祖徳川義直の手でね」

「王命……」

吉野は口中で繰り返している。通路を酒に酔った実業家然とした男が、ふらふらしながら歩いてゆく。その様子を見ながら坂本は、ささやくように言った。

「軍書合鑑は代々藩主のみに伝えられてきた秘伝書なのだ。ということは尾張徳川家では幕命ではなく、王命に従えという秘伝が闇のなかで、ひっそりと伝えられてきたということだろう。燈明の光のようにね」

「そういう観点からすると坂本さん、尾張徳川家は明治維新のときに薩長新政府に参画していますね」

吉野は切り落とすような口調でこう言うと、懐中から黒革の手帳を取り出した。そして幡上のバラバラ自殺の一件を岡山で担当して以来、書き溜めていたデータを読み上げた。

「新政権で藩主の徳川慶勝《よしかつ》は議定です。つまり副総裁格に選任されています。その他、尾張藩士は六名が参与。これは大臣格の立場ですね。いずれも新政府の要職に就いています」

吉野の言うとおり王政復古の大号令により、尾張徳川家の徳川慶勝が慶喜に代わって新政権のなかに滑り込んでいる。

「すると、やはり尾張徳川家は義直以来、イザというときは幕府を裏切ってでも朝廷につくよう、歴代の藩主は密かに伝え続けてきたということですか」

「吉さん、もしも、この秘伝を知った人物が尾張徳川家を利用すれば、幕府の体制は足元から崩れることになる」

「げぇ？　まさか坂本龍馬は、そいつをやろうとしていたということですか？」

坂本善次郎は喉の渇きを癒すためにウイスキーの入った小さな瓢箪を唇のところに傾けた。まるで小鳥が親鳥から水をもらっているような風情がおかしくもあったが、すぐに吉野に瓢箪が手渡され、坂本は目で「飲め」と合図を送ってきた。

京都駅前の食堂で女将に詰めてもらったものだ。尖った風味を喉元に残しながら、琥珀色の液体は吉野の胃の腑に真っすぐに落ちていく。

そのアルコールを溶かすかのように列車はゴトンゴトンと揺れながら夜を走り抜け、はるか遠くに広がる湖が描き出す漆黒の闇を窓外に映し出している。

しばらくその夜景を見つめていた吉野の脳裏を、ふと疑問が横切った。いったい尾張藩の藩祖の遺言にどれほどの拘束力があったのか。

たしかに藩祖は王命に従えと書き残していても、果たして代々の藩主が、それに従ったのだろうか。

二人の間に沈黙が流れ、夜汽車の警笛が、それを引き裂いた。

そのときだった。

突然、両眼を見開くと、坂本は向かいに座っている吉野に、軍書合鑑の最後の一頁にある余白を開いてみせた。そこには鉛筆書きで細かい文字がびっしりと並んでいた。幡上が書き留めたメモだった。

「読むぞ」

坂本はそう言ってから幡上メモを小声で読み上げた。その声は心なしか震えている。

「『圓覚院様御伝十五ヶ条』。圓覚院は吉通《よしみち》のおくり名。侍臣の近松茂矩《ちかまつしげのり》記す。四代藩主・吉通の口述筆記より。

源敬公（義直）御撰み軍書合鑑巻末に、依二王命一被レ催事、といふ一ヶ条あり、但し、其戦術にはさしてこれはと思ふ事も記されず、疎略なる事也。然れども、これは此題目に心をつくべく事ぞ、其子細は、当時一天之武士はみな公方家を主君之如くにあがめかしづけども、実は左にあらず、既に大名にも、国大名といふは、小身にても、公方の家来あしらひにてなし、又御普代大名と云は、全く御家来也。三家の者は、全く公方の家来にてはなし。今日の位官は朝廷より任じ下され、従三位中納言源朝臣と称するからは、これ又全く朝廷の臣なり……中略……然らばいかなる不測の変ありて、保元、平治、承久、元弘のごとき事出来りて、官兵を催される事ある時は、いつとても官軍に属すべし。一門の好みを思ふて、かりにも朝廷にむかふて弓を引事あるべからず」

坂本は軍書合鑑を吉野に手渡しながらこう言った。

「吉通とは、四代藩主徳川吉通。彼が『圓覚院様御伝十五ヶ条』という家来が記した秘伝書のなかで、藩主の教えを後世の者に向かってこう説いているんだ。つまり本来、幕府の家来は、家康に直属した譜代大名と旗本だけだ。一般の大名はもちろん親藩三家も正式には幕府の家来ではない。万一の時は『一門に叛いても朝廷に味方せよ』。つまり幕府を裏切ってでも朝廷につけ！　四代藩主吉通も、そう言い遺していたんだよ」

「まさか……」

「間違いない。叛逆の掟だ。やはり尾張徳川家は終始一貫、幕府に対して面従腹背の構えだったんだ。それが代々の藩主を縛ってきた、いわば秘密伝承！」

「しかし……尾張は、徳川の御三家ですよ」

「そう、その御三家の一つが、極秘のうちに代々勤皇を藩祖の戒めとしてきたんだ。そのために尾張が侵攻されたときの戦略も指示してある。その次を読んでみろよ」

うなずくと吉野は幡上のメモを読み上げた。

「尾張の国は平地で他国に討って出るのには自由で利点がある。だが国中に敵を入れると戦いは困難である。この国の特徴は美濃より木曾につづくことで、万が一の時はこれを根拠地にするとよい。木曾に立てこもって、時節開運をまてば、楠正成が千早、金剛山にたてこもりしときと同様になる。だから千村、山村をはじめ谷中のものは、下の下まで恩恵をほどこし、二心なきようにしておかなければならぬ」

ここで言う千村、山村は木曾の代官、谷中は木曾谷の村民を指す。この戦略方針によって尾張藩は、木曾村民の年貢を軽減し、鉄砲二千二百三十一丁を持たせ、平素は狩猟に専念させ、戦時には木曾を防衛させる構えであった。そのいざという時とは、つまるところ幕府と戦争になった、まさにそのときだと言うのである。

「ご、御三家の筆頭が、ですか……」

「そうだ。やはり、代々の藩主がこうして幕府と戦争になったときの戦略を秘かに伝えていたんだ。これこそが尾張藩の闇の歴史だ……」

坂本の瞳は燃えるように輝いていた。

「ということは、尾張徳川家こそが、筋金入りの勤皇の最右翼ということに……」

「そうだ。薩長など足元にも及ばんね。しかも究極の公武合体派が誕生する」

「究極の公武合体派……。だから松平春嶽と坂本龍馬はこのアイデアの実現に向けて動き出した。坂本さん、そういうことですか？」

「おそらくそうだろう」

「すると例の○○○、つまり龍馬の暗号には尾張藩主の名前が入るわけですか？」

当時の藩主は徳川義勝の後継者だった十三歳の徳川義宜《よしのり》である。徳川義宜の名前を入れるということは自動的に後見人の義勝が実質的な盟主になるということだった。

「たとえば尾張徳川家の秘密を知っていた春嶽が龍馬にそのことを示唆した。そして龍馬は〇〇〇の中に切り札を暗号化してみせた。ところがそれには陰陽二つの策が施されていた。吉さん、ポイントはここだ。岩倉の手紙に書かれていたように、例の〇〇〇の伏せ字には陰陽二種類の策が封印されていたというんだ。そこに陰陽合一の秘策が加わるという。その陰陽合一の秘策こそ討幕派にとっては、まさに禁じ手であった。それが尾張将軍の擁立だろう」

「尾張将軍の擁立……」

吉野はうわ言のように繰り返した。これまでの幕末史からいけば、とてつもなく信じられない話だった。

「だから犯人は、まず頭脳である春嶽と龍馬を分断する策に出た。その結果、春嶽の手足となって動いている龍馬を抹殺した。つまり龍馬暗殺のもう一つの狙いは、春嶽に対して警告を放つことにあった。これ以上、妙な画策をするな、という脅しだ。だから龍馬の死後、その禁じ手の名は、春嶽やその周辺では沙汰止みになった。こういう風には考えられないか」

「しかし、それと三つの丸と、どういう関係があるのですか？」

吉野はそう言うと上半身を背もたれに預けながら天井を見つめた。坂本の言うことを延長していけば、三つの丸を使った龍馬の暗号を解いた暗殺者、あるいは黒幕は、その意味するところに震撼したということになるだろう。それは慶喜でも容堂でもない人物だ。それがこの場合なら徳川義宜ということになる。しかも岩倉の言う陰陽二つの策とはどういうことだろう。○○○に二人の名前が伏せられているのだろうか。しばらく天井を見つめていた吉野は、坂本が窓外を見つめながらニヤニヤと笑い出したことに気がついた。

やがて列車はプラットホームに滑り込んでいった。ライトに照らされた看板に名古屋の文字が見てとれた。

「尾張名古屋は城で持つだ。吉さん、降りよう。『軍書合鑑』の聖地を見ておきたいんだ。おそらくここに重大な鍵が隠されている。少し勉強させてもらおうじゃないか」

坂本はまるで窓から飛び降りんばかりの勢いで立ち上がると、荷物を網棚から下ろし始めた。停車時間は思ったより短く、すぐに発車を告げるベルが鳴り響いた。

雪駄の鋲《びょう》を鳴らしながら坂本は通路を走り出した。

「吉さん、急ぐんだ！　扉が閉まる‼」

〈上巻・了〉

引用参考文献

●『霊山熊山』仙田実著、日本文教出版株式会社
●『最後の殿様』徳川義親著、講談社
●『昭和史の原点』中野雅夫著、講談社
●『もっと知りたい坂本龍馬』木村幸比古、木村武仁著、日本実業出版社
●『別冊歴史読本一九九三年春号完全検証龍馬暗殺』新人物往来社

本書は特に前掲の書籍に多大なるご示唆を頂戴した。ここに改めて御礼を申し上げる。また引用させていただいた文献や資料には若干、手を加えている箇所もあることをお断り申し上げたい。

●『フルベッキ書簡集』フルベッキ著、高谷道男訳、新教出版社
●『ヴェールを脱いだカバラ』S・L・マグレガー・メイザース著、判田格訳、国書刊行会
●『数秘術—数の神秘と魅惑』ジョン・キング著、好田順治訳、青土社
●『マルタとマリア』山口里子著、新教出版社
●『聖書・新共同訳—旧約聖書続編つき』日本聖書協会
●『明治維新とあるお雇い外国人—フルベッキの生涯』大橋昭夫、平野日出雄著、新人物往来社
●『幕末維新史料叢書4逸事史補・守護職小史、維新前後、説夢録』松平慶永、北原雅長、浅野長勲、浅岡岩太郎著、新人物往来社
●『坂本龍馬』川本直水著、白川書院
●『坂本龍馬——隠された肖像——』山田一郎著、新潮社
●『汗血千里駒』坂崎紫瀾著、春陽堂
●『竜馬がゆく』司馬遼太郎著、文藝春秋
●『龍馬と岩倉具視』霊山歴史館
●『岩崎彌太郎日記』岩崎彌太郎岩崎彌之助傳記編纂会
●『坂本龍馬辞典』木村幸比古共著、新人物往来社
●『坂本龍馬大辞典』木村幸比古共著、新人物往来社
●『あやつられた龍馬』加治将一著、祥伝社
●『英雄の時代3坂本龍馬』北原亞以子、宮地佐一郎、高橋三千綱、山村竜也編、教育書籍
●『歴史読本二〇〇四年七月号特集坂本龍馬と幕末63人の群像』新人物往来社
●『歴史読本二〇〇一年八月号特集幕末維新未解決事件の真相』新人物往来社
●『歴史読本一九九〇年八月号特集日本史謎の殺人事件』新人物往来社
●『共同研究・坂本龍馬』新人物往来社編、新人物往来社
●『歴史と旅一九九九年八月号特集徳川将軍家血の暗闘史』秋

田書店
●『日本史暗殺１００選』森川哲郎著、秋田書店
●『松平春嶽のすべて』三上一夫、舟澤茂樹著、新人物往来社
●『幕末維新と松平春嶽』三上一夫著、吉川弘文館
●『横井小楠と松平春嶽』高木不二著、吉川弘文館
●『後藤象二郎と近代日本』大橋昭夫著、三一書房
●『新装版幕末史―激闘！　薩摩・長州・会津』星亮一著、三修社
●『秦氏の研究』大和岩雄著、大和書房
●『物部氏の正体』関裕二著、東京書籍
●『歴史読本昭和六十一年十二月号特集謎の歴史書「古史古伝」』新人物往来社
●『歴史読本臨時増刊特集異端の神々と謎の古代文字』新人物往来社
●『東京埋蔵金考』角田喜久雄著、中央公論社
●『新選組の謎』中見利男著、中経出版
●『あなたの知らない日本おとぎ話』中見利男著、角川春樹事務所
●『文明興亡の宇宙法則』岸根卓郎著、講談社
●『坂本龍馬とフリーメーソン』鬼塚五十一著、学習研究社
●『毎日ひと言坂本龍馬』坂本龍馬に学ぶ会編、扶桑社
●『暗号解読を楽しむ』中見利男著、ＰＨＰ研究所
●『ニュートン極秘文書』中見利男著、宝島社
●『「死体」を読む』上野正彦著、新潮社
●『朝日クロニクル週刊20世紀1926―1932』朝日新聞社
●『週刊昭和タイムズ、27号、30号』デアゴスティーニ・ジャパン
●『幕末・維新彩色の京都』白幡洋三郎著、京都新聞出版センター
●『図解地図と写真でめぐる京都の歴史』綜合図書ほか

Wikipedia
Weblio
http://www.geocities.jp/guuseki/amanahtm/verbeck1.htm
http://www.333.ecnet.jp/taiyo.htm
http://www.mmjp.or.jp/askanet/anecdote_story15.htm
http://www.eva.hi-ho.ne.jp/iwaemon/ryomaansatu.htm
http://homepage2.nifty.com/ryomado/
http://www.nakaokashintarokan.net/
http://homepage3.nifty.com/kaientaidesu/html/ziken10.htm
http://www2.odn.ne.jp/kasumi-so/bakumatu/jiken/hassaku.htm
http://kohkosai.web.infoseek.co.jp/syuuzouhin/kaisetu/jiku-japan/kaidoh.htm
http://kamnavi.jp/mn/osaka/inatsu.htm
http://www.geocities.jp/kikunosato2005/sub240.html
http://www.hikoshima.com/bbs/heike/100211.html
http://www.kitombo.com/mikami/0429.html
http://homepage3.nifty.com/57577-55716/%96%AD%96@%94V%8C%95001

http://www.oomiwa.or.jp/
http://www.miwa-tokyo.com/
http://www2.begin.or.jp/~sakura/sai05.htm
http://www2.begin.or.jp/sakura/sai06.htm
http://www2.plala.or.jp/cygnus/k1.html
http://www.husqvarna.jp/node1003.aspx
http://homepage2.nifty.com/yoshiki1/ginga57.htm
http://www.kyoto-np.co.jp/info/sightseeing.html
http://www.shiga-miidera.or.jp/
http://www17.ocn.ne.jp/~kanada/index.html
http://www.1134.com/matsuoka/tousei.html
http://homepage2.nifty.com/tokyo_silver_birch/sub5-B-3-2.html
http://www.photo-make.co.jp/hm_2/ma_20.html
http://homepage3.nifty.com/57577-55716/%95%BD%93c%8D%91%8Aw%82%CC%90%B3%91%CC%82%C6%82%BB%82%CC%88%D3%8B%60.html#77
http://members.jcom.home.ne.jp/bamen/tiba6.htm
http://www2.ocn.ne.jp/~aozora/bunsyuu/yoakemae/node11.html
http://www2.odn.ne.jp/~cdg68090/November06..html
http://kahuetaisyourouman.hp.infoseek.co.jp/bi-rujijou.html
http://www.toysclub.co.jp/info/collection/ad/03.html
http://www.clio.ne.jp/~yoshi/tobacco/no9/no9.htm
http://www.toyota.co.jp/Museum/index-j.html
http://www.netlaputa.ne.jp/~kitamura/kabuki/kabuki-kao-pri.html
http://www.yamaichi-mac.com/pr/brandy/armagnac/lafontan/information.html
http://www7a.biglobe.ne.jp/~mkun/nazo/Kyrgyz.htm
https://nippon.zaidan.info/seikabutsu/2002/00208/mokuji.htm
ほか

本書は書き下ろしです。

宝島社
文庫

「坂本龍馬の暗号」殺人事件 上

（「さかもとりょうまのあんごう」さつじんじけん じょう）

2009年4月18日　第1刷発行

著　者　中見利男
発行人　蓮見清一
発行所　株式会社 宝島社
〒102-8388　東京都千代田区一番町25番地
電話：営業 03(3234)4621／編集 03(3239)5746
http://tkj.jp
振替：00170-1-170829（株）宝島社
印刷・製本　株式会社廣済堂

ISBN 978-4-7966-7102-6

宝島社文庫

コーリング　闇からの声

柳原慧

零と純は、死体の痕跡を完璧に消し去る特殊清掃屋。ある日浴槽で発見された女の不審な死に疑問を抱き、その謎に迫っていく。美を求め続けた女の、恐ろしくも悲しき最期とは…!?

「相棒」シリーズ

鑑識・米沢の事件簿

～幻の女房～

ハセベバクシンオー

『相棒―劇場版―』のスピンオフ小説誕生！　鑑識官の米沢は、爆弾テロ予告事件が起こった東京ビッグシティマラソンで、逃げた女房の姿を見つけるが…。映画化話題作！

「相棒」シリーズ

鑑識・米沢の事件簿2

～知りすぎていた女～

ハセベバクシンオー

マンションで起こった警察官によるストーカー殺人事件。鑑識官・米沢は、証拠品を現場で探していた―。大人気キャラ・米沢が主役の、「相棒」シリーズスピンオフ小説、待望の第2弾！

作家たちが読んだ芥川龍之介

別冊宝島編集部 編

北杜夫、田辺聖子、赤瀬川原平などの芥川賞、直木賞作家たちは、〝芥川龍之介〟をどう読み、何を感じ取ったのか。代表的な芥川作品12作品を、文豪たちの感性を通して読める一冊。

もう一度読みたい宮沢賢治

別冊宝島編集部 編

宮沢賢治の作品は、ほとんどが童話でありながらも、大人の読書人を愉しませる魅力がある。子どもの頃良さがわからなかった人も、大人になればその深さがわかるだろう。